Pour le bien de l'humanité

Anna BOURG

Pour le bien de l'humanité

Nouvelles

© 2022, Anna Bourg

Édition : BoD – Books on Demand,
12/14 rond-point des Champs-Élysées, 75008 Paris
Impression : BoD - Books on Demand,
Norderstedt, Allemagne
ISBN : 978-2-3223-9785-3

Dépôt légal : mars 2022

« Quelques notes de suspens
pour un petit goût de victoire ou de liberté. »

Sommaire

L'expatrié	9
A bout de force	13
Le rêve de Bastien	23
La Tactilomania	25
Niveau zéro	31
Le grain de sable	35
Demain, je deviens moi	41
La haine	47
Derrière le voile	51
Vacances, du rêve au cauchemar	57
La distance de sécurité	65
La vérité	69
Mensonges	71
Le décompte a commencé	75
Le rêve	79
Aux portes du passé	83
L'expérience de la nature	91
Quand le passé nous rattrape	95
La chose	99
L'eau	105
En rire	109
Le fantôme du parking	111
Un autre monde derrière l'écran	117

L'expatrié

Sans jamais vraiment me voir, ni même daigner m'apercevoir d'ailleurs, ils passaient à vive allure devant moi dans un sens puis dans l'autre, depuis des années. A pieds, en vélo, à cheval, en voiture ou à dos d'âne, tels des robots, des automates comme bien d'autres avant eux. Tout comme l'avaient souvent fait leurs parents, grands-parents et arrière-grands-parents, sans jamais se poser de question, ni éprouver un quelconque état d'âme.

Sans jamais réellement me sentir exister, vibrer sous leurs pieds et encore moins, m'entendre respirer profondément, ils piétinaient le sol tout autour de moi sans aucun répit et par tous les temps. Tel un troupeau d'éléphants, comme bien d'autres après eux. Tout comme le feront encore leurs enfants, petits-enfants et arrière-petits-enfants, sans jamais essayer d'agir autrement, ni faire preuve d'un peu plus de délicatesse.

— A quoi bon ? diraient-ils.

Toutes ces générations se seront intimement succédées sans relâche, bien au-delà de ma propre existence, pendant des siècles et des siècles sans jamais culpabiliser devant le moindre petit écart dans leur vie. Toutes ces sociétés nouvelles, ces évolutions constantes et ces communautés égocentriques n'auront eu d'égal, finalement, que leur propre dissolution, leur future disparition.

Malgré toute attente, quelques hommes et quelques femmes exceptionnels se seront battus en essayant d'imaginer, de concevoir un monde meilleur, une planète plus propre, plus respectueuse et tout aussi respectable. Mais ces derniers n'auront eu en échange de leur bienfaisance que rires et châtiments de la part de tous ceux qui ne sont finalement que de passage sur cette terre aride et tellement ridée. D'un côté, des écologistes engagés parfois si enragés et déterminés, en manque de reconnaissance, qui auraient bien aimé me voir attribuer une médaille d'honneur, moi le géant vert. De l'autre côté, des politiciens tellement désengagés parfois et beaucoup trop sûrs d'eux en toute circonstance, aveuglés par la richesse et le pouvoir, qui se souciaient finalement bien peu de mon devenir... Et tous ceux qui n'auront eu absolument aucun mérite à me tourner autour pendant d'interminables décennies ou à essayer de graver leur nom au cutter sur mon écorce. Ou bien encore, à tenter de me protéger bien au-delà de ma propre espérance parfois comme si je n'étais en fait qu'un homme. Un modeste petit homme, un petit d'homme fragile, blessé et sans défense, tel un oisillon tombé du nid !

Il a suffi quelquefois d'une idée fixe, d'une exigence totalement corrompue ou bien encore, d'un acharnement associatif pour que chacun d'entre eux parle de moi à sa façon. Au passé, au présent, au futur... Peu importe ! Même sans aucun mot, sans expression aucune, je devenais malgré moi, tour à tour célèbre ou détesté, indispensable ou inutile, protégé ou menacé.

J'ai su abriter tant de pauvres cœurs brisés, de rêves perdus et inavoués, et parfois même, j'ai causé trop d'effroi et de drames, fait couler tant de larmes sur des joues dont la pâleur et la candeur me paraissaient pourtant si délicieuses. De mes immenses bras majestueux, j'ai embrassé cette belle campagne qui m'était mienne et si chère, au gré des vents et des saisons, des moissons et des tourbillons. Grâce à mes racines puissantes et infinies, j'ai pu rester plaqué au sol aussi longtemps que nécessaire pour la survie d'une humanité tout entière. La tête dans les nuages nourrissant avec opulence quelques porcs sauvages, ou d'élevage, de mes fruits si goûteux et farineux, sans jamais me plaindre un seul instant.

Mais aujourd'hui, je suis en train de disparaître à mon tour de l'horizon, comme tous les miens bien avant moi que j'avais pu voir grandir tout près d'ici. Et aussi, comme tous ces autres... Les êtres humains ! Ceux-là même qui n'auront jamais vraiment su me préserver efficacement contre le mal et auront essayé de me soudoyer ou de m'abattre, selon leur bon vouloir. Ils n'auront finalement rien fait de mieux, rien fait de plus que tous les leurs avant eux.

Je suis en train de me laisser couler, glisser tel un bateau ivre. De me laisser faner comme tous mes frères et mes cousins avant moi. Je sais maintenant que mon heure est venue... Malgré cette lourde carapace qui m'entoure et ces membres robustes qui ont fait de moi un véritable roc infranchissable, je sens déjà la sève s'évaporer, me ramenant progressivement à l'état de néant. Mon doux feuillage verdâtre a quasiment disparu dans sa totalité alors que la saison estivale vient tout juste de commencer. Je n'ai même pas réussi à produire un seul gland à l'automne dernier et mes invités habituels n'ont pu se rassasier à mes pieds, comme ils le faisaient toujours chaque année à la même époque.

Je me sens désespérément vide et creux, à l'intérieur tout comme à l'extérieur. Nu, mélancolique et tellement futile à présent ! La mort est là, tout près. Je crois bien qu'elle me guette, m'attend au virage, sans aucun ménagement.

Sans doute est-ce mon fort vieil âge qui a eu raison de moi cette fois-ci, après tout ce temps ? Ou sans doute, est-ce toutes ces intempéries de plus en plus violentes et incontrôlables que j'ai dû supporter malgré moi, sans jamais me briser ?

Sûrement cette fichue zone ferroviaire, cette interminable ligne à grande vitesse qui a fait de moi, aujourd'hui, un véritable exilé parmi tant d'autres, un expatrié...

Un arbre mort !

A bout de force

Il venait, une fois de plus, d'appuyer brutalement sur l'énorme bouton rouge de la télécommande. Une fois de trop, bien évidemment... ! Pour la énième fois de la journée, cette main géante de grand paresseux bien avisé venait de remettre le téléviseur en marche.

— Quel tire au flanc celui-là ! Et dire que je l'ai tant désiré ce gamin, se disait Marianne.

Comme à son habitude, il s'était laissé tomber de tout son poids sur l'immense canapé d'angle en cuir dont la valeur pécuniaire ne lui importait guère. Tant que cela ne sortait ni de sa poche, ni de son compte en banque, tout allait pour le mieux pour lui. Les nombreux coussins avaient virevolté, l'ossature en chêne massif avait émis un énorme craquement, les pieds en aluminium avaient fait : « *Aïe, aïe, aïe !* ». Et ses gros doigts, sales et empotés, qu'il s'évertuait souvent à laisser traîner ici et là, un peu partout dans la maison. Au salon surtout... Il s'était ensuite acharné sur ce petit rectangle en plastique dur qui faisait office de commande à distance. Tel un puissant ouragan qui ne daignait même pas prendre soin de la moindre petite chose autour de lui, ni se lever pour faire le moindre effort au quotidien. Affalé sur cette matière noble, au prix d'années de travail et de sacrifice, le terrible rejeton s'était mis à nouveau à zapper comme un forcené, sans jamais s'attarder plus de trois secondes sur chaque chaîne, chaque programme : la une, la deux, la trois, la quatre...

— STOOOP !!! Ça suffit maintenant ! hurla-t-elle.

Elle n'en pouvait plus à présent. Vraiment plus ! C'était le trop plein, la goutte d'eau qui faisait déborder le vase. Tous les jours, depuis des semaines, des mois, elle devait supporter les caprices, les insultes et les coups de gueule de cet individu grotesque qu'elle avait pourtant enfanté. Tous les soirs, depuis trop longtemps maintenant, elle devait compenser les excès de fainéantise de ce fils prodige qu'elle ne reconnaissait plus d'ailleurs... Il fallait donc que cela cesse à tout prix, une bonne fois pour toutes. Alors, ce soir-là, elle passa précipitamment devant lui et sans plus attendre, se dirigea vers le précieux écran plat LED de cent-quarante centimètres de diagonale. En quelques secondes seulement, son index fatigué appuya fortement mais sûrement sur le fichu bouton « Marche/Arrêt » et stoppa enfin tout ce vacarme si tapageur, si effrayant. D'un seul coup, dans le vaste salon de cent mètres carrés : le silence ! Puis elle se retourna vers Kévin, cette espèce de mollasson malotru, pour lui montrer un large sourire, assurément confiante et pleinement satisfaite d'elle-même. Mais à cet instant-là, elle crut que le ciel allait lui tomber sur la tête, que la terre allait s'effondrer sous ses pieds.

Il s'était levé en toute hâte, tellement furieux et révolté. Jamais elle ne l'avait vu ainsi son gosse, devenu si léthargique et inerte à cause de cette stupide drogue d'ado qui le faisait souvent planer. Prêt à bondir sur elle, sa propre mère, comme un sauvage. Prêt à lui cracher au visage toute cette haine qu'il semblait avoir en lui depuis si longtemps. Comme tous ces enfants à qui l'on dit Non, à qui l'on crie Chut, d'ailleurs... Alors, Marianne l'en empêcha d'un geste brusque, sans aucun ménagement. Au moins-là, ses cours d'auto-défense lui auront servi à quelque chose. Dommage que ce soit avec son propre fils !

Pour la première fois, elle prit les devants face à cette situation devenue intolérable entre une mère et son descendant, cette tornade qui déferlait depuis une éternité dans cette grande baraque de cinq cent mille euros... Elle commença tout d'abord par lui mettre une claque, bien méritée il faut le dire depuis le temps que cela la démangeait. La toute première de sa petite existence car Marianne ne l'avait jamais sévèrement puni, ni violenté en aucune façon. Elle n'en avait jamais eu le besoin, ni le courage surtout. Ce genre de pénitence ne faisait pas partie de ses principes, et il ne le savait que trop ce petit morveux !

La réaction de Kévin fut alors très vive. Il s'emporta de plus belle mais sa mère lui montra qu'elle n'avait plus peur de lui désormais, bien déterminée à ne plus jamais baisser les bras face à lui. Ensuite, elle souhaita mettre les points sur les « i » avec son fils unique, malgré toutes les réticences de ce dernier.

— Kévin, il y a des règles à respecter dans cette maison, tout comme au travail ou au lycée ! Si tu ne souhaites plus t'y plier, tu peux toujours faire tes valises et t'en aller d'ici. Prendre tes jambes à ton cou et t'enfuir. Et surtout, ne jamais revenir si c'est cela que tu souhaites, lâcha Marianne sans trop y réfléchir.

A ces mots, son grand fiston d'un mètre quatre-vingt-cinq en resta bouche bée. Elle venait enfin de réussir à lui clouer le bec. Lui qui ne faisait que piailler, jacasser dans sa fichue barbe de trois jours dès qu'on lui disait quelque chose.

— Dorénavant, je ne serai plus ta boniche ! Tu vas donc devoir apprendre à te débrouiller tout seul comme un grand garçon de vingt-cinq ans, à faire beaucoup plus de choses avec tes propres mains. Sinon, tu peux toujours aller te chercher du travail pour gagner ton propre argent et prendre ton indépendance, lui lança-t-elle à nouveau sèchement.

Après sa première incartade, Kévin réagit de nouveau encore plus violemment. En paroles surtout car ils ont beaucoup trop de gueule à cet âge-là parfois... Il commença par insulter sa mère en employant des mots de plus en plus vulgaires et finit par la bousculer sans se préoccuper de quoi que ce soit. Mais celle-ci se rebiffa de plus belle.

Comment en étaient-ils arrivés là d'ailleurs, tous les deux ? Que se passait-il réellement dans la tête de ce jeune homme depuis plus d'un an... ?

Kévin avait essayé vivement de repousser sa mère, tant physiquement que verbalement, mais en vain cette fois-ci. Il n'avait pas vraiment eu le temps d'agir, ni de réagir lorsqu'elle lui avait donné cette belle gifle. Cinq doigts bien placés sur sa joue gauche si bien tendue vers elle. Il en fut tellement saisi qu'il en eut le souffle coupé. Dans sa colère, il s'était même assis, stupéfait.

— Que ce soit bien clair entre nous, Kévin ! Un seul autre mot déplacé de ta part, une quelconque bousculade et je te flanque à la porte, lui lança Marianne dans la précipitation du moment.

Un instant terrible entre la lionne et son lionceau, qui n'en était véritablement plus un maintenant. La victime et son bourreau, la proie et son prédateur...

— Ma pauvre femme, mais tu n'oseras jamais ! lui lança

Kévin en ricanant bêtement.

— On parie mon petit ? rétorqua-t-elle aussitôt.

— J'y crois pas un instant. Pas toi ! Tu n'en auras jamais le courage. Voyons, je suis ton fils ! Tu bluffes...

Marianne se précipita alors dans la chambre de cet énergumène, attrapa un grand sac de sport qui gisait là sur la moquette et le déposa sur le lit. Ensuite, elle ouvrit la grande armoire de cet égoïste bien trop aisé et en extirpa tout une panoplie de vêtements qu'elle jeta volontairement à la va-vite dans le sac grand ouvert. Tassant au maximum, elle le referma tant bien que mal.

Kévin l'avait rejoint. Sa mère lui balança alors son énorme balluchon dans les bras et les dirigea tous les deux vers la sortie. Elle ouvrit à présent l'énorme porte d'entrée blindée et les poussa dehors sans aucun scrupule. Tout comme lui, cet être si cher qui lui rendait la vie impossible depuis des lustres et sans aucun remord... Elle referma aussitôt à clés derrière elle après avoir claqué de toutes ses forces le lourd panneau en bois massif. Cela fit un vacarme effroyable et tous les murs en tremblèrent.

Marianne se sentit soulagée, enfin, malgré elle. Depuis tout ce temps, elle supportait l'inacceptable. Réflexions, méchancetés, violences physiques et verbales de la part de son cher Kevin. Cette créature de chair et de sang qu'elle avait pourtant conçu par amour avec son époux il y avait de cela plus de vingt-cinq ans. Cet enfant-roi, devenu si tyrannique au fil du temps, qu'elle avait tant aimé et tant aidé durant toutes ces dernières années...

Elle venait enfin de mettre un terme à toutes ces longues journées de souffrance inutile et de despotisme insensé, mais à quel prix ! Elle avait enfin trouvé la volonté inouïe et le courage absurde de lui dire Non, de lui dire Stop. A présent, elle ne lui devait plus rien. Il était majeur et pouvait se prendre en charge, tout seul, sans elle. Et surtout, très loin d'elle !

Elle ne reviendrait pas en arrière même si cela la rendait terriblement malheureuse, même si elle se sentait coupable de tout ce qui s'était passé entre elle et lui jusqu'à aujourd'hui. Kévin, quant à lui, savait fort bien que cela faisait terriblement mal à sa mère. Mais surtout, il avait compris que cette fois-ci, elle ne bluffait pas. Il avait donc perdu son pari, pour une fois, parce que sa mère ne lâcherait pas l'affaire aussi facilement. Même si elle devait en crever...

De toute façon, n'était-elle pas déjà à moitié morte ? N'était-elle pas suffisamment amochée comme cela ?

Après quelques nuits passées dehors à la belle étoile, quelque peu partagé entre les remords et la colère, sans jamais savoir où aller dormir, ni où aller chercher un peu de nourriture et de réconfort, Kévin se sentait totalement épuisé. Il n'arrêtait pas de penser très fort à celle qu'il avait bien failli par rendre folle avec tout cet acharnement dont il faisait preuve du matin au soir depuis bien trop longtemps d'ailleurs. Il commençait sérieusement à regretter tout le confort et l'amour dont cette mère l'avait entouré depuis sa naissance. Et aussi un petit peu, à vrai dire, tous ces millions que son père leur avait laissé à tous les deux avant de s'enfuir à l'autre bout du monde. Avant qu'il décide de quitter la seule femme qu'il aimait tant à cause d'un héritier égocentrique qui leur pourrissait la vie impétueusement sans jamais s'excuser, ni se remettre en question.

Tant de vies brisées juste pour les beaux yeux d'un bébé qui a mal grandi au final !

Son père, un homme si prévenant et si chaleureux qu'il n'avait jamais revu depuis cinq ans maintenant. Ce géniteur pourtant si fier de sa postérité... Mais Kévin était une progéniture prête à tout pour attirer l'attention de ses parents. Un garçon, sans frère ni sœur, qui avait toujours pensé que tout lui était dû car il était l'enfant unique d'une des plus grandes richesses du monde, d'un couple très amoureux qui aurait pu tout lui céder, tout lui offrir.

Mais céder à quoi au juste ? L'amour maternel ou paternel doit-il se mesurer à des milliers, voire à des milliards d'euros ?

Kévin avait toujours cru que seules ses exigences

valaient la peine d'être vécues. Il travaillait très bien à l'école et en grandissant, les choses étaient restées les mêmes. Sauf que la loi qu'il imposait à sa famille depuis toujours commençait à prendre des proportions incroyables. Marianne continuait à se battre, au quotidien, pour ne pas perdre la face. Elle avait toujours été présente pour son fils adoré, ce petit canard devenu si vilain aujourd'hui, ce beau chaton devenu si agressif à présent.

Rien... Rien ne serait plus jamais comme avant ! Elle le savait et Kévin le savait aussi. Mais peu importe, il semblait vraiment s'en foutre royalement avec une telle dérision, une telle conviction. Jouaient-ils finalement un rôle tous les deux ou alors, était-il vraiment lui-même au moment des faits ? Avait-il réellement tous ces ressentiments au plus profond de lui ?

Cette nouvelle vie de baladin en plein air, de bohème dans la rue, de glandouilleur parmi les autres. Tous ceux-là qui n'ont nulle part où aller, ni personne à aimer mais pas forcément par choix... Quelle tristesse toute cette misère d'ailleurs ! Lui qui n'avait jamais connu autre chose que le confort extrême, la consommation excessive de tout et de rien, les exigences bien plus matérielles qu'affectives.

Le jeune homme commençait à ressentir, pour la première fois de sa petite vie, une peur profonde et réelle. Pas comme dans les livres, ni dans les jeux vidéo ou les séries. Non, non ! La réalité de la vie qui le rattrapait et le poursuivait partout où il allait, partout où il se réfugiait pour se coucher et s'endormir enfin quelques minutes. Cette putain de réalité à laquelle il se trouvait à présent si confronté, si lié, au beau milieu de tous ces gens mal habillés, mal logés ou pas logés du tout... Il ne dormait plus que d'un œil. De l'autre, il surveillait tout ce qui pouvait bien se passer autour de lui, jour et nuit. On ne sait jamais : la prudence est toujours de rigueur dans ce monde d'écorchés vifs, de survivants. Là-haut, c'est le paradis, l'extase ! Quelquefois avec un peu de drogue, dure ou douce, suivant l'humeur. Ici, c'est plutôt l'enfer, pourrait-on dire ! Quelquefois aussi avec un peu de drogue, mais surtout avec beaucoup de danger imminent. La rue, c'est un peu comme la prison :

— Tu as le droit d'aller et venir à ta guise dans des couloirs pas plus larges, ni plus éclairés que la normale mais à condition de respecter les règles, lui disaient certains.

Kévin sentait enfin qu'il avait été beaucoup trop loin cette fois-ci avec sa mère. Elle ne méritait vraiment pas cela et il devrait sûrement lui demander pardon tout le restant de sa vie pour tout ce mal qu'il avait répandu autour de lui. Alors, il prit une décision. Sans doute la plus grande et la plus intelligente de sa misérable petite vie. Il décida de se bouger les fesses, de se remuer enfin le popotin et de refaire travailler son cerveau, en hibernation depuis beaucoup trop longtemps lui aussi.

Les semaines passèrent. La neige était enfin partie et le froid avec. Le jeune homme était méconnaissable. Il avait repris du poil de la bête, à présent et se lança à corps perdu à la conquête de sa propre existence. Tout d'abord, il décida d'aller prendre une bonne douche dans ce foyer qui n'attendait que lui. Puis il se mit sur « son trente-et-un » pour commencer sa quête essentielle : la recherche d'un travail. Il fit le tour de toutes les agences d'intérim de la ville et du pôle emploi afin de s'y inscrire. Et pour de bon cette fois-ci ! Bidouillant son CV avec l'aide de bons samaritains, il était à présent prêt pour le grand saut. Celui qui consiste à se prendre en mains, à devenir indépendant pour ne plus jamais vivre aux crochets des autres. Ceux de sa mère en particulier...
Le soir même, Kévin reçu deux coups de téléphone. Deux entreprises avaient besoin de main d'œuvre le plus rapidement possible : l'une pour conditionner des fruits et des légumes le matin, et l'autre pour faire du ménage industriel en soirée. Il accepta tout de suite un rendez-vous avec chacune d'elles et se prépara aux deux entretiens pour le lendemain matin. Il passa la nuit encore dans ce foyer, au chaud et à l'abri des regards. Sans aucun préjugé.
Après avoir réussi ses deux entretiens d'embauche, il passera donc les quatre mois suivants à accomplir du mieux possible ses deux activités et commença enfin à reprendre confiance en lui.
De son côté, Marianne se fit énormément de souci pour son fils pendant tous ces longs mois. Même si elle n'en pouvait vraiment plus de cette situation avec lui, de ce comportement extrême qu'il avait pu avoir envers elle, cette maman avait eu

aussitôt des remords dès la première seconde où elle avait flanqué Kévin à la porte de chez elle. Mais malgré le fait qu'elle en avait perdu le sommeil depuis ce jour-là, Marianne savait au plus profond d'elle-même qu'elle ne pouvait rien faire de plus à ce stade. Il fallait absolument qu'il se remette en question et comprenne enfin ce qui n'allait pas entre eux. Qu'il y parvienne de lui-même pour que les choses changent enfin !

Cette fichue expérience, un peu radicale soit dit en passant, aura bel et bien eu l'effet escompté sur Kévin puisque ce dernier prenait enfin conscience qu'il avait largement dépassé les limites dans ses rapports de force avec sa propre mère. Après tout, il s'agissait tout de même de cette même femme qui l'avait porté pendant neuf mois dans son ventre et mis au monde. Celle qui s'était toujours débrouillée pour s'occuper de lui chaque jour, même encore après le départ de son père. Il fallait donc, à présent, qu'elle retrouve confiance en ce fils qui l'avait trahie et pour cela, ce dernier se sentait prêt à remuer ciel et terre pour revenir vers elle.

Le jeune homme pensait alors que sa mère ne savait pas où il était vraiment durant tout ce temps, alors que lui savait très bien où la retrouver : dans cette maison qui avait été aussi la sienne auparavant et dans laquelle il avait vécu sa plus tendre enfance et sa fichue adolescence, malgré tout... Il n'était d'ailleurs pas bien loin de chez elle durant tout ce temps et Marianne non plus ne lui dira jamais qu'elle savait finalement où il se trouvait. Elle était restée en contact avec des personnes de la maraude et des assistants sociaux des divers centres d'hébergement par lesquels il était passé. D'ailleurs, c'est une de ses nombreuses amies qui avait suggéré un jour à Marianne de mettre un grand coup de pieds aux fesses à son fils pour qu'il réagisse et se prenne en mains.

Pour ainsi dire méconnaissable avec sa barbe et ses cheveux longs, Kévin réapparut un jour devant sa mère. Tellement différent que Marianne faillit ne pas le reconnaître lorsqu'elle ouvrit sa grande porte d'entrée pour savoir qui venait la déranger en sonnant avec insistance. Elle fut alors soulagée et vraiment très heureuse de retrouver son fils ce jour-là mais pas du tout fière d'avoir eu la lâcheté, ou le courage peut-être, d'abandonner cet enfant pourtant si grand...

Le temps semblait s'être arrêté là où le mal avait explosé. Ainsi, chacun pouvait reprendre le cours de sa vie là où il l'avait laissé avant cette fameuse implosion.

Les années ont passé... Le jeune homme est aujourd'hui en couple et va devenir papa pour la première fois. Il ne cesse encore aujourd'hui de remercier sa mère et de dire au sujet de cette époque :
— Ce fut un véritable mal pour un bien.
Il n'accepte surtout pas que l'on puisse dire du mal d'elle, cette femme merveilleuse qui lui a ouvert les yeux.
— Et aucune autre n'a jamais pu les refermer !
Il a même réussi à retrouver son père qui ne se cachait pas bien loin lui non plus, au final. Juste à quelques kilomètres de chez eux pour pouvoir garder un œil vigilant sur son fils unique, et aussi peut-être sur sa femme qui lui manquait tant.

Le rêve de Bastien

Bastien est le dernier d'une grande lignée. La retraite n'est pas encore là et pourtant, son corps meurtri lui rappelle qu'il a déjà trois fois vingt ans. Sa passion pour la culture de l'huître finira bien par le tuer lui aussi.

Tel Obélix, le vieil homme est tombé dans un chaudron magique : celui de l'ostréiculture ! Papa et papi lui ont appris tous les aspects du métier : captage, élevage, affinage, mise en bourriche, commercialisation... Mais à présent, il aimerait jeter l'ancre avant son dernier souffle.

Paysages de rêve et vents marins. Eau limpide bleu ou verte. Marais montantes et descendantes. Pins odorants de résine. Malgré tout, Bastien n'a qu'un rêve : il s'imagine seul sur le bassin, loin de la capitale ostréicole. Ni bateau de plaisance, ni touriste à l'horizon. Personne pour le déranger ! Pinceaux gorgés de peinture glissant sur des toiles encore vierges dont la blancheur rappelle étrangement celle de l'écume. Et tous ses tableaux devenant œuvres d'art...

Chaque jour, il embarque son matériel, s'installe sur la plage et s'adonne à sa passion secrète. Alors, la toile s'illumine et le tableau prend vie. Il n'est plus vraiment lui et devient, tour à tour, Monet ou Pissarro.

Soudain, le réveil de Bastien sonne. Il est cinq heures, son rêve prend fin. Encore une fois, il rejoindra le port et sa pinasse. Encore une fois, il respirera l'air iodé dans l'atelier.

Pour la dernière fois, il oubliera tout de sa vie imaginaire. Et son travail finira par le tuer !

La Tactilomania

Ils m'avaient pourtant prévenu. Ils nous avaient bien tous prévenus, nos anciens qui nous aimaient tant et voulaient juste nous protéger. Mes parents, mes grands-parents, mes arrière-grands-parents… Et tous les autres aussi ! De génération en génération, ils s'étaient tous donnés le mot apparemment pour nous prévenir. C'était un besoin vital pour eux, un devoir semble-t-il. Ils ne s'appliquaient qu'à une seule chose : nous enseigner cette crainte d'un avenir pas trop sûr, pas assez équitable.

— Bien moins charitable que tout notre passé si prometteur mais si lointain déjà, nous disaient-ils.

L'écologie, la biodiversité, la protection de l'environnement et le respect de notre belle planète qu'est la Terre.

— Tout ceci, ce ne sont que des mots, nous répétaient-ils sans cesse.

La couche d'ozone percée depuis des lustres. Les glaciers qui disparaissent un à un en un clic. Le soleil qui cogne de plus en plus fort jour après jour. Les tempêtes, les ouragans et les séismes qui ne cessent de s'intensifier...

— Tout ceci, c'est bien regrettable ! Mais encore faudrait-il savoir quoi faire réellement pour y remédier une bonne fois pour toutes, nous insufflaient ces vétérans d'un autre temps.

Ils prévoyaient notre avenir, ces pères précurseurs, et semblaient déjà tout savoir d'avance. Moi, comme un imbécile et comme tous les autres, je ne voulais rien entendre, ni rien voir, ni rien croire. Je n'écoutais surtout pas tous ces grands discours de moralistes ascendants parce que je trouvais cela beaucoup trop soûlant et bien trop ringard. Comme tous ces « blancs becs » d'ailleurs !

J'avais à peine vingt ans à cette époque et me croyais tellement invincible. Preuve que je ne l'étais point... Eux, c'étaient des pionniers en la matière. Ils avaient vécu tant de guerres, combattu tant de maladies et gagné si peu de batailles par le passé. Moi, je riais de tout et voulais juste m'extasier un peu, comme tous les jeunes de mon âge finalement. Pouvoir manipuler, actionner, triturer ma fabuleuse tablette tactile graphique ultra performante, ma super console de jeux indémodable, mon immense écran Oled à Ultra Haute Définition si imposant, mon extraordinaire PC 6 en 1, mon téléphone portable si sensationnel... Je voulais juste m'en donner à cœur joie, bidouiller à pleines mains tous ces petits engins électroniques et informatiques, profiter à fond du numérique du matin au soir. Je me foutais complètement de tout le reste. Je me fichais totalement des conséquences de mes actes parce que je ne pensais pas, à cet instant-là, faire du mal à qui que ce soit. Et surtout pas à moi-même ! Je n'imaginais pas une seule seconde que tout ceci puisse devenir aussi néfaste à la longue pour ma santé et celle des autres.

Que nous reste-t-il, à présent, de toutes ces belles années d'insouciance ? Que me reste-t-il de vous, mes chers aïeux, qui m'aviez si souvent averti du pire que vous présagiez ? Rien ! Il ne me reste plus rien si ce n'est ce vague souvenir, coincé là-haut dans une infime partie de mon cerveau bien endommagé. Une ou deux photos jaunies par le temps, dans un ultime album oublié dans le grenier. Quelques sourires disséminés çà et là, dans cette mémoire endolorie qu'il me reste encore un peu ce matin...

Que se passe-t-il réellement sur cette planète en l'an 2199 ?

Papy Antonio avait bien raison de vouloir nous inquiéter autant. Il cherchait sûrement, en vain, à nous interpeller quelque part puisqu'il avait prédit cela. Tout comme ses prédécesseurs bien avant lui... Il avait pris conscience, bien avant nous, que le progrès tuerait l'Homme. Et en effet, c'est ce qui était en train d'arriver ! Le progrès n'avait jamais cessé d'avancer à grands pas. Bien trop grands parfois d'ailleurs ! Avions-nous réellement besoin de toutes ces choses hyper sophistiquées et connectées au quotidien ? Je ne pense pas finalement.

Voilà, nous y sommes. Notre univers est devenu si terne, morose et tellement robotisé. Nous, les derniers terriens, sommes si épuisés par tant de champs magnétiques autour de nous, tant d'agents infectieux qui nous endorment. J'ai traversé tant de champs de mines au cours de ma longue existence et me suis allongé sur tant de lits remplis de souches encore inconnues que j'ai fini par attraper la plus folle d'entre elles : la Tactilomania. Ce virus toxique qui nous prend la main dès notre plus jeune âge et ne nous lâche que lors de notre dernier soupir, tel une sangsue. Ce poison dévastateur qui s'introduit dans tout notre système immunitaire pour ne plus jamais en sortir, bien pire encore que la peste ou le sida. Cette maladie incurable du vingt-deuxième siècle qui nous rend accroc à n'importe quel écran, aussi petit soit-il, à n'importe quelle heure du jour ou de la nuit. Ce parasite microscopique qui ne nous tue pas mais nous suce la moelle jusqu'à ce que nous perdions totalement connaissance. Cette stupide dépendance qui nous ronge de l'intérieur jusqu'à ce que tout de nous s'abîme, se dégrade, se putréfie et se consume à petit feu.

Notre vue devient alors de plus en plus faible, insuffisante voire inexistante. Les plus chanceux d'entre nous pourront peut-être porter d'énormes lunettes très épaisses, ultra-modernes, pour ressembler à des taupes. Les autres devront se contenter des seuls yeux autour d'eux parce que les leurs sont désormais absents, éteints. Notre cerveau ne répond plus alors qu'à une seule exigence : toucher et retoucher encore ce fichu écran du bout des doigts, jusqu'à ce que de la corne s'y forme et que ces bouts de chairs grossiers, atrophiés ne puissent obéir à rien d'autre.

Et puis ensuite, c'est la descente aux enfers... Plus personne n'ose nous toucher, même pour nous prodiguer quelques soins de première urgence. Nous devons porter cette horrible combinaison en acier inoxydable et inconfortable, censée nous protéger de tout, sauf du ridicule. Du soleil surtout puisque celui-ci est devenu notre pire ennemi mais pas seulement. Nous sommes devenus tributaires de tout un tas d'objets aux composants hautement polluants : méthane, plomb, mercure, azote, uranium, monoxyde de carbone... Contaminés de A à Z, de la tête aux pieds, nous devons même porter des gants du premier janvier au trente-et-un décembre pour protéger les autres. De quoi vraiment puisque nous sommes tous irradiés, à présent ? Tout le monde sauf quelques-uns. Une dizaine ? Peut-être moins...

Tous ces picotements incessants du matin au soir, ces démangeaisons inquiétantes dont je ne leur parlais point, ces sautes d'humeur qui ne faisaient que croître dans mon esprit, ces douleurs aiguës qui oscillaient dans ma tête... Tous ces petits désagréments, je les ressentais véritablement mais ne souhaitais pas en parler. Ni avec eux, ni avec personne d'autre. Et je n'étais pas le seul dans ce cas ! Je ne voulais pas y prêter attention, à vrai dire, finissant par m'y habituer ainsi que tous les autres. Je me disais que cela finirait bien par passer, aussi rapidement que c'était venu. Pourtant, je voyais bien qu'autour de moi tout le monde commençait à avoir des comportements bizarres : des tics de plus en plus incontrôlables, des T.O.C. de plus en plus violents, des manques de plus en plus insatiables, des déficiences sensorielles de plus en plus importantes et de plus en plus jeune...

Je voyais bien que plus rien ne semblait aller comme avant, que la Terre ne tournait plus rond. Tout devenait si absurde et superficiel ! Je devenais moi-même si futile et puéril. Plus personne ne prenait le temps, justement, de prendre son temps, de savourer le moindre petit moment de douceur, de bonheur ou de plaisir. Ce fameux plaisir qui semblait d'ailleurs être devenu tellement secondaire à ce moment-là. Ce qui était jusqu'alors secondaire, voire inutile, devenait primordial : la possession en matière de haute technologie, de numérique. Cette fichue technologie si avancée qui nous envahissait, nous abrutissait et nous étouffait, finissant par nous exterminer les uns après les autres. De plus en plus d'écrans autour de nous et de moins en moins d'égard entre nous. De plus en plus de choses tactiles autour de nous et de moins en moins de contacts humains entre nous.

A quoi bon chercher à être toujours à la pointe de l'innovation si nos yeux ne peuvent plus jamais rien voir ? A quoi bon vouloir toujours tout avoir si nos mains ne peuvent s'arrêter un instant de trembler pour attraper la moindre petite chose ?

Dans quelques jours, je vais fêter mes quatre-vingtquinze ans et je me sens si las. C'est un véritable exploit d'arriver à cet âge-là en 2199. J'en suis pleinement conscient...Voici donc ce qu'aura été ma vie durant presque un siècle.

Quel gâchis, moi qui n'aspirais qu'à être heureux, en total accord avec moi-même !

Que dire de plus ?

Il ne tient qu'à nous de construire un avenir meilleur. Mais une chose est sûre : tenons-nous le plus éloigné possible de tous ces écrans. On ne sait jamais...

Niveau zéro

Comme tous les lundis matin depuis une décennie, elle commençait sa longue tournée par cette même société, Nivoflex. C'était, semble-t-il, la meilleure de toutes à ses yeux. Celle où le respect de l'être humain prime avant toute chose. Bien avant ce fichu rendement dont Diana était devenue elle-même la victime, au sein de sa propre boîte.

Comme tous les jours depuis ces dix dernières années, elle allait bien au-delà de ses propres connaissances, de ses propres compétences. De porte à porte, de société en société, elle s'évertuait à vendre les éternelles fabrications de son entreprise. Toujours de nouveaux produits, de nouvelles technologies mais jamais vraiment les mêmes attentes de la part des clients, aux quatre coins de la France.

Depuis quelques mois maintenant, elle semblait vouloir se tenir à distance de lui, le vendeur le plus rentable de l'année précédente. Mais surtout, le plus insolent des camarades de terrain et le plus médiocre des représentants du personnel. Ce sacré Jean-Paul !

Diana se disait souvent que même s'ils étaient tous deux devenus de très bons commerciaux au fil du temps, ils n'en restaient pas moins tout à fait opposés l'un à l'autre. Même s'ils étaient capables tous les deux de vendre autant de capteurs et de détecteurs de niveau ou de pression, en un an, ils n'en restaient pas moins totalement incapables de travailler ensemble, main dans la main, jour après jour. Leurs méthodes de travail à chacun n'avaient absolument rien en commun. Bien au contraire ! Elle avait longtemps pensé, à tort bien évidemment, qu'il était son égal mais voyait bien que jamais ils ne seraient sur un pied d'égalité. Jamais elle n'aurait le même salaire que lui, ni les mêmes primes ou autres avantages en nature. Comme dans beaucoup d'entreprises d'ailleurs !

Aux établissements Process, rien n'aurait pu être vraiment différent. Rien n'aurait pu changer la valeur des choses, la grandeur des hommes et surtout pas, la bassesse des femmes...

Le directeur général n'était qu'un infâme misogyne. Sa position sociale bien cossue et son niveau de vie bien opulent ne pouvaient lui permettre de regarder avec bravoure et diplomatie tout ce qui se trouvait ou tous ceux qui se positionnaient en dessous de lui. Ce cher Paul-Édouard de la Boutonnière, étant myope comme une taupe et n'y voyant pas plus loin que le bout de son nez, ne s'abaissait jamais au même niveau que ses sous-fifres. Et bien qu'il ne fût proche ni de ses employés masculins, ni de ses employées féminines, il encourageait toujours plus les hommes à l'insu des femmes. Ces dernières étaient si peu représentées dans son usine, de l'ordre de cinq pour cent à peine seulement. Pourquoi en aurait-il été autrement d'ailleurs pour cette pauvre Diana ?

Comme lui disait si souvent sa grand-mère maternelle, de son vivant :

— Ma petite fille chérie, tu as beau être belle comme un cœur, tu devras apprendre à te battre deux fois plus que ton grand frère si tu veux intégrer un univers d'hommes.

Malgré ses bien jolies courbes, elle n'atteindra certainement jamais le même niveau que tous ses collègues mâles. Malgré son niveau d'études largement supérieur à beaucoup d'entre eux, eh bien, elle ne pourra sûrement pas prétendre aux mêmes espoirs, aux mêmes attentes, aux mêmes égalités... Sauf bien sûr, si elle trouve le courage d'aller voir ailleurs ! Et pourquoi pas dans cette société, Nivoflex, qu'elle côtoie depuis si longtemps maintenant ? Pourquoi ne leur laisserait-elle pas son CV cette fois-ci, en plus des choses habituelles, ou à l'occasion de sa prochaine visite ? Après tout, au point où elle en est, elle n'a plus rien à perdre...

Diana n'est ni un pion blanc, ni un objet banal que l'on déplace à sa guise, au gré du vent et des flux monétaires. Elle n'est pas non plus un instrument de mesure qui permet de vérifier si une surface est plane. Alors, compte tenu de son niveau intellectuel, de sa position dans la hiérarchie et de sa valeur en tant que cadre supérieure commerciale, elle se doit bien cela !

— Partir de ce niveau zéro pour essayer de voler enfin de mes propres ailes et atteindre deux ou trois degrés de plus, ailleurs. Loin de cette pollution pour grandir dans une atmosphère bien plus respirable et profitable à la fois. Là où chacun peut se mettre ou se remettre à niveau.

Le grain de sable

La machine infernale était en train de s'enrayer. Il lui manquait sûrement un peu d'huile pour la faire fonctionner correctement. Et ce n'était pas lui, Narcisse, qui aurait pu y changer grand-chose. Pas du haut de ses trente piges, du moins ! L'expérience lui manquait encore tellement en ces temps-là, l'arrogance lui collait à la peau comme une pâte visqueuse dont on ne se débarrasse jamais vraiment totalement. Comme une seconde peau, cet air hautain le confortait dans cette personnalité trouble et ambiguë qu'il laissait paraître à chacune de ses apparitions, beaucoup trop nombreuses à mon goût. Tel un mondain, une star. L'idole des jeunes ! Ces fameux oubliés des dernières décennies, d'une cinquième république démocratique qui n'en est déjà plus vraiment une d'ailleurs. Tous ces novices en la matière, ces exaltés du pouvoir quelque peu hypocrites, en marche vers on ne sait quoi...

Comment aurait-il pu changer un pays en crise aussi profonde en un simple claquement de doigts ? Comment pourrait-il croire lui-même un seul instant à toutes ces belles paroles, tous ces mensonges bien plus incertains les uns que les autres ?

Olivia aussi aurait bien voulu y croire. Elle aussi avait vivement espéré le changement. Le vrai ! Celui qui les aurait totalement délivrés, libérés de cette emprise politico-financière, cet assouvissement euro-mondialiste, cette chasse aux sorcières. Elle aussi pensait que ce droit légal, cette opportunité que leur confère leur appartenance à un peuple libre pouvait les rendre fiers de nommer une sacrée personnalité sachant à tout prix les porter à bout de bras, les représenter jour et nuit quoi qu'il advienne. Mais aujourd'hui, elle se pose bel et bien une terrible question :

— A quel peuple est-ce que j'appartiens finalement ?

Un peuple qui prêche tout le temps le faux pour savoir le vrai, sans aucune conviction. Un peuple qui dit oui quand il faut, qui dit non quand ça l'arrange. Un peuple qui va de droite à gauche puis de gauche à droite, par défaut, sans jamais se poser réellement de question. Un peuple conservateur le jour et anarchiste la nuit. Mais au fond, un peuple qui n'a plus vraiment aucune racine, ni aucune lueur d'espoir dans les yeux.

Ce même peuple qui dénigrait le plus jeune espoir de toute une liste interminable de candidats frais et dispos, prêts à investir les locaux d'une prison d'État : le fameux Palais Royal ! Là où les Hommes se disent Président d'une République totalement Démocratique et qui n'est en fait qu'une simple annexe du Château de Versailles. Ce dernier lieu, lui-même envahit par les descendants de ses anciens propriétaires qui ne rêvent que d'une seule chose au fond : asservir le peuple français ! Et pour terminer en beauté cette belle chute divinement régalienne, avant de passer à une sixième république tant espérée par les « pro » et « anti » pouvoir actuel, eh bien, nommons l'invincible. Celui qui balaiera le chômage et tous les préjugés d'un coup de baguette magique. Celui qui nettoiera tout le système économique et bancaire de notre si vieux et si cher pays d'un seul coup de chiffon antistatique sur la table. Celui-là même qui sera sûrement doté d'une cape d'invisibilité pour échapper à tous les scandales qui finiront par le rattraper un jour lui aussi...

Tout cela ne va pas sans dire qu'aux yeux d'Olivia, l'autre finaliste ne vaut pas mieux en réalité. Cette fichue Salomé n'a rien à envier à Narcisse, au fond ! Autant de convictions pour si peu de crédibilité. Autant de prétention et de suffisance que lui. Autant d'espoirs perfides et inutiles donnés à quiconque votera pour elle.

— Mais bon sang, quel être humain digne de ce nom pourrait bien vouloir donner sa voix à une telle ordure aussi peu ménagère ? se disait Olivia.

Quel homme ou quelle femme voudrait bien se laisser envoûter par un gourou pareil, engluer par une colle diaboliquement bleu nuit... ?

Bien évidemment, le seul moyen d'échapper à tout cela c'est de croire très fort au scrutin, au suffrage universel majoritaire du second tour, mais à quoi bon parfois ? Encore faudrait-il qu'un petit miracle se produise. Voire un très grand même ! Mais Olivia ne croit pas vraiment au miracle. Pour cela, il faudrait tout d'abord qu'elle ait la foi. Or, elle ne l'a jamais eu puisqu'elle n'est pas croyante. Du moins, elle ne croit pas en Dieu, ni en aucune autre divinité d'ailleurs.

— Mis à part cela, je vais bien, dit-elle souvent.

Elle n'adhère à aucun parti politique, ni aucun syndicat ou autre communauté quelle qu'elle soit. Elle est athée et sans étiquette. Ni fière, ni honteuse de l'être d'ailleurs. Tout comme ceux qui le sont ou ne le sont pas...

— Et mis à part ceci, je vais très bien ! affirme-t-elle.

En aucun cas, Olivia ne fait état de toutes ces choses-là. Ses convictions personnelles... Par contre, elle les assume totalement. Mais à vrai dire, elle doute vraiment que tous ces « messieurs-dames » aux carrières bien imprégnées de rose, de bleu ou de rouge, et bien trop souvent de doutes et de mensonges, soient aussi croyants qu'ils le prétendent, aussi blancs qu'ils veulent bien leur faire entendre. Autrement, ils sauraient tous leur montrer l'exemple.

Chacun se cache derrière des scandales beaucoup trop médiatisés parfois, des innocences improbables, des révélations tellement injustes et opaques dont personne, d'ailleurs, ne se souviendra le jour du grand verdict. Et pourtant... ! L'un se retrouve poursuivi par cette richesse extrême soudainement disparue comme par enchantement, l'autre est accusée sans relâche de détournements de fonds publics, de vol intrinsèque dans les caisses d'une communauté européenne qu'elle bannit du plus profond de son être de tout son fiel glacial et amer.

Voter pour l'un juste pour éliminer l'autre, est-ce bien raisonnable tout de même ? Donner son approbation au moins pire des deux, est-ce vraiment la meilleure stratégie à adopter pour laisser les cinq prochaines années entre les mains d'un dirigeant peu scrupuleux ? Finalement, cela revient à se tirer une balle dans le pied.

— Quel avenir encourageant pour mes enfants, et tous les autres ! se dit Olivia.

Pour cette jeunesse en danger...

— Et si soudain, un grain de sable s'en mêlait ? Si soudain ce petit grain sablonneux venait enrayer davantage encore la machine, quelle serait alors notre sortie de secours, notre véritable issue à tout cela ? se demande Olivia.

Jour J.
La jeune femme n'en a pas dormi de la nuit. Plus que quelques heures maintenant et la sentence va tomber. Les foules se rassemblent, s'exaltent ou s'essoufflent de part et d'autre du territoire. Les rassembleurs se dissipent petit à petit comme le brouillard tire sa révérence. Maintenant, tout est dit, tout est fait. Rien ne peut changer la donne. Les dés sont jetés, l'espoir est entériné, les choses ne seront plus jamais comme avant. Et soudain, la surprise totale !

Contre toute attente, ce n'est pas le verdict qui tombe mais un flash spécial pour leur annoncer la terrible nouvelle : un énième attentat meurtrier, pas encore revendiqué, vient d'avoir lieu dans un QG de campagne. Il semblerait alors qu'il y ait plusieurs dizaines de blessés légers. Personne ne sait encore ce qui s'est réellement passé mais tout le monde sur place semble vraiment affolé. Les gens courent dans tous les sens, dans les rues, se piétinant sauvagement les uns et les autres. C'est la panique générale ! Le quartier est bouclé, les secours sont débordés...

On apprendra bien plus tard qu'il y a juste eu un seul tir isolé ce soir-là. Salomé en fut la cible et tombera pour toujours, à cet instant, parmi tous ses supporters. Attentat ou pas ; revendiqué ou pas. C'est bel et bien elle et son parti tout entier qui était visé. Tous les leaders de ce parti anticonformiste qui avaient toujours crié haut et fort que sous leur éventuelle présidence, il n'y aurait jamais eu aucun attentat sur le sol français ! Ceux-là même qui avaient tout essayé pour rendre notre si beau pays encore plus banal qu'il ne semblait être devenu, encore plus fragile à l'intérieur. Ceux-là même qui n'auraient jamais dû écouter aussi oisivement les conseils déplacés et dépassés du père fondateur et n'auraient jamais dû croire au patriotisme, à l'idéologie et à l'extrémisme pour combattre les démons de leur propre passé.

Son petit clan était en deuil... Le pays enfin libéré de tous ces sarcasmes était en transe ! Ses quelques sympathisants étaient sous le choc... Ses ennemis pourraient faire front, ensemble. La dissolution de son parti était en route.

Olivia se réjouissait seulement à moitié de ce changement plus que radical et proposait donc à nouveau la candidature de son poulain. Ce dernier avait été rétrogradé à la troisième place lors du premier tour quinze jours auparavant à cause de l'entêtement de ce parti, plus que futile et volatile dont plus personne ne voulait finalement en France depuis la seconde guerre mondiale. Mais c'était un parti qui ne pouvait s'empêcher de résister et de s'incruster dans leur vie politique, même s'il frôlait très souvent le politiquement incorrect. Et tout cela, juste pour rouvrir des blessures du passé à chacune de ses interventions.

Elle pouvait donc apporter à nouveau aux français une petite lueur d'espoir pour ce nouveau mandat présidentiel, malgré ces circonstances un peu morbides.

— Peu importe ! Elle aurait fait la même chose, si ce n'est pire, se dit Olivia.

Ainsi, grâce ou à cause de ce petit grain de sable, la machine politique du pays pouvait repartir de plus belle et tourner dans le bon sens cette fois-ci. Malgré la douleur et la tristesse d'un voile si opaque, d'une légère ombre au tableau que laissaient derrière eux tous ces anciens fanatiques embués de conviction et de colère profonde politico-religieuses. Malgré la mort d'une femme et les blessures indélébiles de tous ces dommages collatéraux, il fallait bien se rendre à l'évidence : les extrémités sont bien souvent plus fragiles qu'elles n'y paraissent.

Et au fil du temps, petit grain de sable deviendra grand, petit espoir d'une nouvelle ère deviendra réalisable. Avec les bonnes personnes surtout !

Demain, je deviens moi

J'ai un mal de crâne atroce, comme un étau qui me serre de plus en plus fort. Je ressens cette fichue douleur des pieds à la tête : dans les chevilles, derrière les genoux, au bas du dos, au niveau des épaules... L'impression qu'un énorme bulldozer m'a roulée dessus, écrasé le corps tout entier. Je sens mon pouls qui s'accélère et cette piqûre brûlante jusque dans ma poitrine. C'est insupportable !

Dehors, les sirènes hurlantes me glacent le sang. Je me traîne hors du lit, tant bien que mal. Pliée en deux, ou plutôt en quatre, je m'agrippe aux murs de la chambre, à la chaise puis au fauteuil. J'aperçois enfin cette porte qui donne dans la pièce d'eau : la salle de toilette, à vrai dire, puisque l'on ne peut y prendre un bain dans celle-ci. Je tâtonne du bout des doigts, fébrilement et finis par appuyer sur l'interrupteur. Une lumière bien trop vive m'aveugle et m'oblige alors à fermer les yeux. Mais petit à petit, ils se réhabituent à elle...

Je fatigue, je frissonne, je tremble même de tous mes membres. Je commence à être à bout de force. Inspiration profonde. Expiration... Une fois, deux fois puis je continue mon ascension à l'horizontale. Encore un ou deux pas, une trentaine de centimètres et je vais enfin pouvoir constater les dégâts, observer le résultat d'une si longue opération. Ou peut-être une dizaine... ? Je ne sais plus. Je suis encore un peu dans le cirage. Qu'importe, je vais pouvoir contempler le chef-d'œuvre que j'ai commandé il y a de cela quelques semaines, devant ce miroir si exigu de trois cents sur quatre cents, millimètres bien sûr !

Mais comment vais-je m'y prendre, d'ailleurs, pour faire entrer le reflet de ce corps d'un mètre quatre-vingt-dix-neuf de hauteur dans un si petit miroir ? Comment vais-je pouvoir m'examiner du sol au plafond dans ces conditions ? Tant pis ! Je vais me débrouiller...

Doucement, je m'approche de lui, ce petit carré de joie où reflète ma nouvelle vie à présent. L'image est un peu floue. Mes bandages cachent tellement de peau, tellement de traces du

passé, de cicatrices du présent... Mais je devine tout à travers.
Je reconnais à peine mes yeux, d'habitude si petits et recroquevillés vers l'intérieur. A présent, voyez comme ils se sont allongés, étirés vers l'extérieur en forme d'amande. Voyez ce regard de braise que cela me fait ! Un léger trait d'eye-liner chocolat pour le contour, un nuage de poudre rosé sur les paupières et une fine couche de mascara noir bleuté sur les cils et le tour est joué. Ils seront tous à mes pieds dorénavant... Et ma bouche, d'habitude si mince et effacée, voyez comme elle est épaisse et pulpeuse ! Deux véritables lèvres toutes neuves, revêtues d'un rouge flamboyant, devenues si appétissantes pour tous ces messieurs. Même mes pommettes semblent tellement bien dessinées. Quel bonheur ! Quelle extase...

C'est merveilleux ! Même cette pomme d'Adam, habituellement si prononcée chez moi, a totalement disparu comme par magie. Mon cou est désormais si fin et mes épaules, si belles à déployer. Je peux enfin porter d'éclatantes parures dorées ou de simples colliers colorés.

Il faut que je m'asseye à présent. Ma tête se remet à tourner. Tout cela est encore bien douloureux tout de même. Les chairs commencent à se rétracter, les points se resserrent : c'est ce que l'on appelle la Guérison. Mais peut-on réellement guérir d'un mal être aussi intense, aussi intime ? Du moins, je l'espère... Les jours ont passé et pourtant, j'ai encore si mal. Mon visage est encore tellement congestionné et couvert d'ecchymoses. J'ai l'impression de ressembler à Mickey Mouse dans ce miroir mais enfin, pour la première fois de ma vie, je me trouve beau... belle. C'est déjà beaucoup, non ?

Maintenant, je m'attaque à la partie la plus difficile : le corps. Allons-y gaiement, si je puis dire ! Je me hisse tout d'abord sur un petit tabouret oublié là par une infirmière, sans perdre mon équilibre si précieux, bien évidemment. Je reste accrochée à cette barre métallique verticale vissée-là pour ne pas tomber lors de la douche. Puis, délicatement, je laisse glisser mon énorme peignoir jacquard qui me tenait si chaud l'hiver. Surtout ceux où je me sentais si seul ! D'ailleurs, je ne le remettrai sûrement jamais ce truc sur mon dos... Et là, que vois-je ? Des bandages, encore des bandages bien sûr. Mais dessous toutes ces maudites bandes blanches, ces affreuses gazes stériles, il y a un monticule, une bosse. Que dis-je ? Deux énormes bosses, deux seins magnifiques et tellement surprenants. Je n'ai pas encore l'habitude. Une superbe poitrine opulente et douce a remplacé mon torse rachitique et légèrement velu. Et pourtant, j'aime cela. C'est trop génial !

Je m'essouffle encore un peu plus. Je dois pourtant continuer ce dangereux périple car je sais bien que je ne suis pas au bout de mes surprises. A présent, voyons ces longues jambes sveltes et galbées, ces mollets sans poils, ces chevilles élancées et ces cuisses tellement affinées, à n'en plus finir. L'épilation est parfaite. La liposuccion peu exagérée... Je reprends ma respiration un bon coup maintenant. Je vais atteindre le comble de mon bonheur : le sexe ! Je n'ai plus de bosse à cet endroit-là par contre, même si j'en ai encore l'impression, la sensation que tout est encore là comme avant. J'ai l'air de marcher encore en canard comme tout au long de ces dernières années, affligé d'un attribut imposant entre les jambes. Tel le héros de la guerre, amputé d'un membre, je le sens encore bouger, gesticuler même s'il a disparu à tout jamais. L'objet de toutes mes souffrances et de tous mes délires s'en est allé. Le sujet de toutes vos convoitises, Mesdames et Messieurs, s'est complètement évaporé. Le petit oiseau s'est envolé pour toujours...

Mes larmes coulent à présent sur mes joues. Ça picote, ça brûle sur toutes mes balafres encore à vif, mais qu'importe, je suis heureux. Que dis-je ? Enfin heureuse.

Je remballe tout et regagne vite mon lit. Plutôt comme un escargot rampant, à vrai dire... Je suis morte de fatigue mais pourtant bien en vie. Je dois me reposer tout de suite, et à tout prix, avant l'arrivée des spectateurs. Bien avant que mes quelques amis n'entrent dans les coulisses pour venir voir la star, l'artiste que je suis devenue selon eux, aujourd'hui.

Quelques heures ont passé maintenant. Ça y est, ils sont arrivés les uns après les autres. Ils sont là près de moi, tout autour de mon lit, tout autour de cette momie à laquelle je ressemble. Il faut bien souffrir pour être beau mais quand même ! Et puis, de toute façon, il ne s'agit pas là vraiment de beauté physique mais tout simplement de bien-être intérieur. Ils me sourient tous pleinement. Est-ce naturel ou bien tout bêtement une obligation ? Moi, je m'en fous vraiment. Je suis aux anges ! Il y a les amis et les collègues de travail. Ils sont au nombre de six seulement mais c'est déjà beaucoup pour moi. Il y a aussi ma mère et mon frère aîné. Le patriarche n'a pas souhaité venir constater la métamorphose de son rejeton. Il préfère se dire que son fils est mort et qu'il ne lui reste plus que des images et des souvenirs de lui. Le reste, il ne veut surtout pas en entendre parler. C'est comme ça !

Toute l'équipe médicale, qui s'est si bien occupée de moi durant ces dernières semaines, nous a rejoints dans cette chambre si étroite. Chacune de ces personnes présentes autour de moi souhaite me féliciter pour toute la force et le courage dont j'ai fait preuve selon eux en faisant ce choix irréversible, en traversant ce champ magnétique et cette pluie médiatique. Je crois que mon bonheur peut alors se lire dans leurs regards à tous. Une petite poignée de personnes tolérantes et sans tabous parmi des milliards d'êtres humains sur la Terre. C'est peu certes mais qu'est-ce que ça fait du bien ! Je suis enfin devenue la femme que j'ai toujours rêvé d'être. Alors, aujourd'hui, les autres... Ils peuvent bien se moquer, se détourner ou s'interroger. Je m'en fiche royalement.

Tout le monde est reparti vers ses propres occupations. Le quotidien, quoi ! La chambre est redevenue vide tout à coup. Elle me semble si grande et si froide. Je referme à nouveau les yeux.

La sonnerie du téléphone me réveille en sursaut ce matin-là. Ai-je rêvé ou pas ? Apparemment oui, malheureusement, car je suis encore cet individu mâle, insignifiant et mal dans sa peau. Mais tout cela va changer !

Nous sommes mercredi 14 juillet, le temps est à l'orage et il ne me reste plus que quelques heures avant que je me transforme en une magnifique femelle remarquable et bien dans ses baskets. Plus que quelques minutes avant que le taxi me transporte à la clinique. Je prends une douche, me prépare vite... Je suis sûr de moi cette fois-ci : je vais changer de sexe !

J'ai entièrement confiance malgré le regard pervers de certains, la frilosité abjecte d'une société contemporaine, l'absurdité et le manque d'amour d'un père.
Malgré tout, demain, je deviens moi

La haine

Justine hait le système. Du plus profond de son être, elle hait cette fichue société où la violence prime avant l'urgence. L'urgence de faire vraiment quelque chose avant qu'il ne soit trop tard. Trop tard pour remettre les choses en route, le train sur les rails... Elle déraille et râle après tous ces cons qui ne tiennent pas debout et la déstabilisent. Et malgré tout, elle stabilise tout autour d'elle.

Elle hait parfois son mari, tout autant qu'elle peut l'aimer, surtout quand il fait l'autruche ou la sourde oreille. Justement ! Il n'a plus l'oreille aussi attentive qu'avant à tous ses propos, à toutes ses envies et ses peines.

Justine hait aussi parfois sa plus jeune fille quand elle lui désobéit dix fois par jour, ou peut-être par heure. Elle ne sait plus... Quand elle chouine pour un rien, remet tous ses principes en question et qu'elle semble si fière de ses exploits inappropriés et ses caprices inacceptables. Elle la hait tout autant qu'elle l'aime aussi parfois. Cette chère enfant qui lui donne tant de chagrin et l'use jusqu'à la moelle.

Elle hait sa seconde fille quand cette dernière lui tient tête pour un oui, pour un non. Inutilement, agressivement et sans aucune honte. La honte que tout rejeton devrait avoir vis-à-vis de ses propres parents, aussi proches puissent-ils être parfois... Elle la hait quand elle la blesse et fait sa fichue tête de mule. Et pourtant, elle l'aime tant celle-là aussi !

Justine hait tout autant son aînée. La toute première de cette lignée. Celle avec qui tout a commencé : leur route de parents et leur liberté empiétée. Elle la hait quelquefois à un tel point, surtout lorsque celle-ci se croit supérieure à elle, à eux. Elle hait profondément cette mauvaise influence que le monde extérieur peut avoir sur elle, et encore plus, celle que cette enfant essaie parfois d'exercer sur ses propres sœurs. Surtout sur la plus jeune, la plus naïve... Ce n'est pas vraiment le rôle d'une grande sœur cela, bien au contraire ! Et celle-ci aussi, elle l'aime tout autant que les deux autres.

Mais par-dessus tout, Justine déteste bien plus encore cette vie de merde, cette existence inintéressante qu'ils essaient de mener tous ensemble. Aucune entente, aucune complicité, aucun partage. Que des engueulades du matin au soir, des moqueries et des punitions ! Du négatif tous les jours. Du lundi au dimanche, du premier janvier au trente-et-un décembre...
Elle n'a plus aucune envie de sortir de son lit, ni de se lever et se bouger le matin. A quoi bon ! Pour passer encore une énième journée de m.... ? Elle se dit : Non merci ! Même plus envie de sourire à personne. Pour quoi faire ? Rire... Mais pour quelles raisons et avec qui surtout ? Ses enfants ne la voient pas et ne l'écoutent plus depuis fort longtemps. Son mari ne l'aime plus comme au premier jour et ne l'entend plus lui non plus...

La vie ne vaut pas d'être vécue. Surtout aussi mal ! Il faut parfois aimer si fort et se sentir aimé bien plus encore, pour pouvoir envisager un avenir serein, meilleur. Même si les temps sont durs, même si la mode est devenue si farfelue, abstraite et incommodante. Et puis pourquoi parler de mode après tout ? Être à la mode dernier cri, porter tel ou tel vêtement de marque, même s'il est horrible. Jouer avec son téléphone portable avec appareil photo numérique intégré, quel qu'il soit, comme si c'était un jouet...
Mais bon sang, quel âge ont ces créatures vivantes et si remuantes ? Ce sont des vieillards ou quoi ? Ils semblent avoir tant vécu !

Justine hait la mode, qui n'est souvent que passagère et dévastatrice, ainsi que toute cette technologie inquiétante qui finira bien par tous nous tuer un jour. Elle hait la publicité souvent mensongère qui n'influence que les mauvaises âmes, le show-biz excentrique qui se croit supérieur à nous tous, l'éducation nationale parfois bien plus abrutissante qu'instructive, les politiciens très souvent avides de pouvoir qui ne nous facilitent guère la tâche au quotidien... Elle hait tous ces abrutis qui se prétendent si intelligents et tous ces putains d'intellos qui ne savent même pas à quel point ils sont ignobles. Elle hait toute cette fichue société de surconsommation et de gaspillage intense, ainsi que tous ces gros fortunés qui ne pensent qu'à leur portefeuille et à leurs actions.

Au final, elle n'aime que les gens sincères, les personnes authentiques, les parents réfléchis. Les vrais intellectuels qui savent se mettre à la portée de tous, les enfants respectueux et les adultes responsables. Les amoureux de la vie et de l'amour. Les amitiés profondes et les relations qui durent. Les couples qui ne lâchent jamais rien...

Les gens normaux quoi !

Derrière le voile

Toujours le suivre en société comme si de rien n'était, comme si le voile pouvait aussi cacher les sentiments, les émotions. Bien plus encore que toutes les ecchymoses laissées par les coups, les blessures de ses propres mains sur mon corps. Et mon cœur qui n'en pouvait plus de saigner du matin au soir ! Toujours lui obéir comme si je n'étais que sa chose et comme si les choses, au fond, ne pouvaient enfin changer...

Mais bon sang, pourquoi me suis-je conformée aux exigences de mon père ce jour-là, comme tous les autres jours d'ailleurs ? Cet homme-là qui croyait toujours tout savoir. Celui-là même qui se prenait bien trop souvent pour Dieu... Ma mère ne valait pas mieux, en fait, en couvrant des choses aussi lâches et douloureuses que cela. Et tout ça pour quoi ? Pour ne même pas avoir eu une vie meilleure que la mienne finalement.

Je me faufilais tout le temps derrière lui, sans broncher, sans jamais essayer de croiser le regard de qui que ce soit. Surtout pas celui des autres hommes d'ailleurs, autrement, il m'aurait mis des paires de claques. Et de bien grandes... !

Mais ce soir-là, ce fut vraiment le soir de trop. Je savais que la vie après cela ne serait plus jamais comme avant. Jamais plus, je ne pourrais lui obéir à lui aussi au doigt et à l'œil, sans rien dire. Non... ! Cet homme-là, ce mari sans cœur et sans peur, je devais à tout prix réussir, au moins une fois, à lui tenir tête. Cette grosse brute aux deux visages dont personne ne se méfiait, mais pourtant moi, je m'en étais toujours méfié. Je ne lui avais jamais vraiment fait confiance à ce type-là depuis le début. Et pour cause !

C'est donc à ce moment-là que je l'aperçu. Mon autre, mon sauveur... Celui qui allait faire de ma vie, une île presque paradisiaque. Moi qui ne connaissais que l'enfer depuis le jour de ma naissance, l'autre côté de la vie dont personne ne parle jamais ici. Comme si tout était normal à vrai dire, surtout lorsqu'une si grande famille, un peuple tout entier totalement asservi et introverti ne daigne dénoncer ce trop-plein de barbarie. Cette communauté berbère croyante mais surtout, si méfiante de

tout et de rien au final. Cette tribu de plus en plus glauque où je n'aurai plus du tout ma place à partir de cet instant de rébellion.
    D'ailleurs, l'ai-je déjà eu ma place un seul jour, ici, parmi tous ces fous d'Allah et des autres... ?

    Il m'est donc apparu soudainement, comme par miracle, lors de cette soirée très ordinaire où je n'avais pourtant qu'une seule mission : jouer, seulement pendant quelques heures encore, à l'épouse parfaite d'un homme si prestigieux et surtout, sans scrupules. Mi-ange, mi-démon ! Tout le portrait craché de son paternel, apparemment. D'ailleurs, ce dernier ne m'avait-il pas choisi pour son cher fils en m'achetant à mon propre père ? Tout comme il avait négocié auparavant pour ses six filles. Mes très chères belles-sœurs... Et leur mère qui ne disait jamais rien non plus, tout comme la mienne et toutes les autres mères d'ailleurs encore tellement endormies à l'aube de cette grande époque de la révolution arabe tout juste en marche. Entre mariages forcés, coutumes ancestrales, unions sacrées et manque d'amour brutalement violé, quels putains de sacrifices pour si peu de reconnaissance ! Une façon de penser, de voir les choses. Une religion pas si équitable que cela en réalité selon que l'on naisse homme ou femme...

    Mais ce soir-là, ce fut une révélation pour moi. Un homme qui n'appartenait pas du tout à notre peuple, osa me sourire délicatement, me parler presqu'en silence derrière ce voile opaque et si laid que je détestais vraiment plus que tout au monde. Tout autant d'ailleurs que ceux qui me l'avaient imposé durant toutes ces années. Bien plus encore que mon propre mari parfois !
    Je devais absolument faire de mon mieux pour garder la tête froide, pour ne rien laisser paraître aux yeux de tous les autres, pour ne rien dévoiler de mon plan de dernière minute. Je savais que demain serait un autre jour, que demain je partirais sûrement vers un ailleurs plus sûr et plus loyal. Le plus loin possible de lui, de ce peuple, cette communauté dans laquelle je ne me reconnaissais en aucun cas. Partir à des milliers de kilomètres de tous ces aliénés qui ne pourraient plus jamais rien m'imposer.

Je devais tout ranger après cette fichue soirée, comme à mon habitude, tout en pensant à ma énième tentative de fuite. Mais cette fois-ci, c'est certain, ça allait être la bonne ! Celle où l'on a l'impression de ne plus rien avoir à perdre... Heureusement, j'étais seule à partir puisque je n'avais ni animal, ni enfant à emporter avec moi. C'était beaucoup mieux ainsi ! Stérile grâce à lui jusqu'au bout des ongles. Du moins, c'est ce que j'avais toujours réussi à lui faire croire pendant ces cinq longues années à cet imbécile alors que j'avalais la pilule en douce, dans son dos. Lui qui avait toujours des yeux partout il n'avait jamais réussi à percer mon secret, ni à trouver ma cachette. Il s'était alors mis à penser que mon corps n'était pas du tout normal puisqu'il n'était doté d'aucune fertilité. Et il me le faisait bien comprendre à sa façon ! Sans doute est-ce une de ces nombreuses raisons pour laquelle il prenait un malin plaisir à lacérer mon corps, de plus en plus souvent, bien à l'abri des regards. Comme pour le punir de ne pas lui donner de fils, me punir de ne pas être une mère porteuse, une poule pondeuse pour ces beaux yeux.

Tant mieux, au moins je n'aurai jamais eu à mettre au monde un seul rejeton de ce monstre, totalement faux et creux. Bien plus encore que le vieil arbre mort, au fond du jardin...

Je pressentais que la nuit serait longue. L'attente aussi ! Arriver à lui faire croire une dernière fois que mes règles avaient pris un peu d'avance encore ce mois-ci, comme beaucoup d'autres mois d'ailleurs, je ne m'en sentais pas vraiment capable cette nuit-là, et pourtant. Tout cela pour qu'il me laisse un peu de répit dans ce si grand lit, qui me donnait parfois la nausée, avec tous ses rituels plutôt barbares et inavouables pour un kabyle soi-disant évolué et civilisé. Lui qui se disait si croyant... ! Un manipulateur de plus sur la Terre que les Droits de la Femme n'ont absolument jamais inquiété.

Au petit matin, les quelques gouttes de somnifère que je lui avais administré dans son verre d'eau la veille semblaient faire encore leur effet. Il avait tellement confiance en moi que jamais il n'aurait pu se douter que je puisse connaître des milliers d'autres choses que toutes celles qu'il essayait de m'incruster dans le cerveau. Heureusement, son fichu bourrage de crâne n'avait jamais pris racine en moi... J'en profitais alors pour m'extirper de la chambre hâtivement. Au bas de l'escalier, je n'ai eu aucun regret puisque partir d'ici, fuir cette mort lente mais certaine, je le devais inévitablement. Pour moi d'abord, mais aussi pour toutes les personnes qui m'attendaient là-bas, en Italie, depuis si longtemps maintenant : mes amies, mes sœurs de cœur. Et aussi, peut-être un peu pour lui, ce libérateur qui avait enfin osé m'approcher après tous ces longs mois de traque, de quête inespérée, ou quelque peu désespérée.

J'avais réussi à me procurer un double des clés de la maison pour pouvoir sortir définitivement de cette prison où mon bourreau m'enfermait tous les matins en partant à son travail. J'avais aussi réussi à lui subtiliser les clés de sa voiture de sport pour pouvoir m'enfuir le plus rapidement possible, lui qui pensait que je ne savais même pas conduire un vélo...

L'aéroport n'était plus qu'à quelques minutes à présent. Mon cœur battait si fort que je pensais même que cette fois-ci, il n'y résisterait pas. Mais il a tenu bon et m'a conduit jusqu'à cet avion privé qui m'amena ensuite très loin d'ici, sur la terre ferme. Ma terre promise : la merveilleuse vallée d'Aoste ! J'étais saine et sauve mais comme marquée indéfiniment au fer rouge.

Il était là lui aussi, mon ange gardien.

J'ai eu aussi la chance de croiser la route de cet homme autrement éduqué et protecteur envers les femmes. Celui-là même qui m'aura permis de retrouver confiance en l'être humain, en l'homme en général. Je passerai le restant de ma vie à lui dire merci pour tout ce qu'il a fait pour moi et toutes les autres aussi. Grâce à toute cette bonté d'âme, cet acharnement auprès des pouvoirs publics et des services judiciaires pour lesquels il travaille depuis des années, des centaines de femmes ont ainsi pu être sauvées des violences meurtrières de leur conjoint. Parfois juste à temps... Je faisais partie de celles-là pour mon plus grand bonheur même si ce genre de mot a beaucoup de mal à faire encore partie de notre vocabulaire après cela.

Massimiliano sortait d'une famille de quatre frères et sœurs. Il était l'aîné de la fratrie et avait toujours veillé sur sa mère et ses trois sœurs après la mort de leur père, alors qu'il avait à peine quatorze ans. Entouré de toutes ces femmes, il avait grandi dans une sorte de respect réciproque et ne supportait pas la moindre allusion machiste, beaucoup trop ringard à ses yeux. Selon lui, chacun d'entre nous devrait avoir un comportement digne pour que les femmes aussi bien que les hommes puissent avoir leur place bien méritée dans ce monde.

Les mois ont passé. La page est tournée. L'association que j'ai montée avec son aide vole à présent de ses propres ailes... Devant un petit verre de Chianti et une belle assiette de spécialités locales aux mille saveurs, je me dis que vraiment, j'ai eu de la chance de me sortir de tout cela sans trop de séquelles. Du moins, les miennes ne sont pas trop visibles de l'extérieur !

Mais elles n'auront pas toutes cette chance, mes sœurs de cœur, malheureusement. Certaines seront défigurées à vie, d'autres ne s'en remettront peut-être pas et beaucoup trop ne reviendront jamais vivantes.

Vacances, du rêve au cauchemar

Nos ultimes vacances touchaient déjà à leur fin, et pourtant, je me sentais tout aussi épuisée, vidée et éreintée qu'à notre arrivée ici. Si ce n'est plus encore... Et je n'étais pas encore au bout de mes surprises !

Jean-Pierre et moi avions réussi à économiser beaucoup d'argent pendant plus de cinq ans pour pouvoir nous offrir ces vacances de rêve au bord de la mer avec nos deux jeunes enfants. Enfin sortis des couches et des biberons, nous étions si heureux et impatients de pouvoir partir prendre l'air du large. Quelque peu inquiets aussi, tout de même, de devoir tout laisser comme ça à mon oncle et ma tante pendant deux semaines. Même s'ils avaient l'habitude, eux, de cette vie à la campagne, cette vie de labeur si dure que peut être l'élevage bovin au vingt-et-unième siècle !
Depuis notre installation ici, quinze ans auparavant, dans ce petit hameau à quelques kilomètres du plateau de l'Aubrac, à cheval sur la Lozère et l'Aveyron, nous n'avions jamais vraiment eu de temps pour nous. Pas une minute pour penser à autre chose qu'à nos sacrés mammifères, nos belles bêtes racées. Pas une seule seconde pour oublier ce pour quoi nous nous battions chaque jour et chaque nuit. Sans négliger bien sûr mes grossesses et l'éducation de nos chérubins.

Le matin du grand envol pour cette île paradisiaque, je me sentais un peu angoissée. Je savais pourtant que j'avais besoin de ce repos bien mérité, tout comme lui, mon homme. Je me hâtais donc, pareil à mon habitude quotidienne, pour ne rien oublier dans nos bagages. Surtout pas les carnets de santé, ni les médicaments ! Les Seychelles, c'est bien beau, mais c'est tellement loin... de nous, de toutes nos bonnes vieilles pharmacies de province et nos petits cabinets médicaux de campagne. Les vaccins obligatoires étaient bien à jour eux aussi.

Tout était enfin prêt ! Le moment de s'éclipser était donc arrivé. Décollage immédiat, pour l'instant en voiture, même si le trajet jusqu'à l'aéroport le plus proche nous parut à tous bien long. Peut-être bien plus encore que les dix heures d'avion qui nous menèrent à Victoria dans la foulée, sur l'île de Mahé, la plus importante de toutes les îles des Seychelles. Cet immense archipel tellement réputé pour ses plages. Les plus belles du monde, soi-disant !

Le décalage horaire, le changement de climat, les règles de vie... Tout y était vraiment en décalage par rapport à notre vie à nous, ici en France, au beau milieu des vaches, au fin fond de nos montagnes. Un sacré changement, un véritable déracinement !

Dès notre arrivée à l'aéroport, nous avons été assez bien accueillis par deux jeunes hôtesses formidablement bien briffées. Comme sur toutes ces îles paradisiaques, je suppose, où le tourisme a une part si importante dans le cœur de ses habitants.

Et dire qu'ici, sur les Monts d'Aubrac, le tourisme vert est devenu une mode ! Seraient-ce nos belles ruminantes aux cornes reluisantes ou nos verts pâturages qui attirent autant de monde finalement ?

Mais voilà, nous allions de surprise en surprise... Après une longue fouille de toutes nos affaires personnelles, voire très intimes, entassées dans nos grosses valises prêtes à exploser, nous avons dû subir, et à plusieurs reprises, le passage au détecteur de métaux. En effet, celui-ci semblait vouloir n'en faire qu'à sa tête ce jour-là ! A chaque fois que J.P. passait devant lui, il se mettait à brailler dans tous les sens, à meugler dix fois plus fort que nos montagnardes. Et c'est seulement au bout de la quatrième fois que les vigiles ont compris qu'il n'y avait pas de souci. C'était tout simplement la vieille montre de Jean-Pierre qui faisait sonner leur portique, à la pointe de l'innovation pourtant.

Mon homme ne se sépare jamais de ce bijou parce qu'il déteste être en retard. Comme quoi, il n'est pas toujours bon d'être à l'heure de nos jours !

Au bout d'une demi-heure enfin, nous étions libérés de ce piège infernal, de cette attente fort détestable. Le chauffeur de taxi nous attendait dehors pour nous emmener à notre hôtel qui se trouvait à l'autre bout de la ville, le plus loin possible de cet horrible aéroport qui nous avait tant retardés dans nos vacances. Quelque peu confortable, son véhicule, mais suffisamment pour que nos deux louveteaux s'endorment dans nos bras. Sûrement à cause du décalage horaire ou peut-être parce qu'ils commençaient à tomber d'épuisement après leurs caprices de tout à l'heure.

Mais tout à coup, Pafff ! Une explosion se fait entendre et le véhicule part sur le bas-côté de la route. Le chauffeur s'arrête tant bien que mal et marmonne quelques mots en anglais, en français... Je ne comprends rien ! Il ouvre la porte en hurlant, descend vite du taxi et se précipite au-devant de son bolide. Il revient ensuite nous voir pour nous expliquer qu'un de ses pneus a éclaté et qu'il doit le réparer. Pour cela, bien évidemment, nous devons tous descendre de l'engin. Exécution ! Pire encore qu'un troupeau de bisons au galop, nous descendons de ce maudit taxi qui ne nous amènera pas à destination finalement. C'est un tout autre bolide, presque identique mais agrémenté cette fois-ci, qui le fera à sa place.

Une heure et demie plus tard, nous serons déposés précipitamment devant un petit hôtel deux étoiles, au lieu de quatre, censé nous apporter tout le confort indispensable à notre séjour ici, sur ce territoire magique et idyllique. Le Paradis quoi... ?

Et dire que chez nous, les gens sont tellement vaches parfois et nos vaches sont super chouettes ! Alors que chez eux, ces drôles d'insulaires, il existe un oiseau totalement incapable de voler. C'est le monde à l'envers !

La dame à l'accueil sentait bon le monoï alors que notre chambre, elle, avait comme une odeur tenace de renfermé par endroit, dans un cadre pourtant bien ventilé. La salle de bains donnait sur une petite terrasse ouverte avec, quelquefois, des regards indiscrets qui passaient par là. J'ai dû fabriquer un rideau improvisé avec J.P. en utilisant quelques-unes de nos serviettes de bains afin que personne ne daigne scruter notre anatomie à chaque passage dans cette cour.

Mis à part ce petit détail, je dirai qu'une chambre au rez-de-chaussée, ce n'est pas franchement le top ! Les allers et venues des autres clients, les escapades nocturnes ou diurnes des moindres insectes à quatre ou à huit pattes, les poussières de sable parfois envahissantes... Tout cela aura fini par m'agacer au fil des jours !

Après avoir fait un petit brin de toilette à cette fichue chambre de trente-cinq mètres carrés pour quatre, avec seulement quelques lingettes imprégnées, une mini pelle et une balayette, le tout emprunté à la femme de chambre, je me sentis un peu plus comme chez nous. Une touche de parfum et le tour était joué ! Après tout, nous allions devoir passer deux semaines dans cet endroit pas si accueillant que cela au final. Il fallait donc que je le rende le plus agréable possible pour notre bien être à tous. C'était donc chose faite !

Ces dernières heures avaient été fortement éprouvantes. Nous ressentions soudain le besoin de faire une petite sieste bien reposante. Mais celle-ci ne durera pas moins de quatre-vingt-dix minutes ! A notre réveil, le soleil s'était déjà couché. Sans doute avions-nous oublié, bien volontairement, d'enclencher la sonnerie trop bruyante du réveil pour pouvoir nous revigorer à temps et profiter du spectacle ? Sûrement avions-nous besoin de récupérer de toutes ces émotions, tout simplement !

La première nuit passa ainsi.

Dès le lendemain matin, vers dix heures, nous décidâmes d'aller nous balader un peu aux alentours de l'hôtel. Nous voulions d'abord commencer par la plage, si belle et si nature. Si déserte surtout... ! Nous étions tellement heureux de pouvoir nous promener ainsi, tous les quatre, seuls, les pieds dans l'eau et sans chaussettes. Ni bottes surtout, contrairement à chez nous, très souvent ! Sans aucun apriori et pourtant...

Je compris soudain les raisons de cette impression de grande plénitude, de profonde solitude. D'immenses tortues terrestres s'étaient regroupées là, tout autour de nous, à notre insu. C'était donc pour cette raison que personne d'autre que nous ne venait se promener aux abords de cette magnifique plage abandonnée, pourtant si merveilleuse mais tellement habitée. Une plage si convoitée par tant de créatures géantes.

Les enfants avaient pris peur un instant à cause de ces

impressionnantes tortues. Nous avons donc rapidement volé quelques clichés de cette espèce animale, si étrange quelquefois, puis nous nous sommes éclipsés dans un endroit où rien ni personne ne pouvait nous déranger. Du moins, nous l'espérions très fort Jean-Pierre et moi à ce moment-là !
 Lui qui n'avait jamais été plus loin que son village natal, Aubrac. Et moi qui n'avais jamais été attirée par les grands voyages à l'étranger. Que de folies avions-nous décidés de faire en partant aux Seychelles ?

 Heureusement, nous étions en pension complète. Le souci des repas ne se poserait donc pas pour nous. Quitte à partir, autant aller le plus loin possible ! Quitte à s'offrir des vacances, autant en profiter au maximum pour se faire servir et bichonner du matin au soir ! Sinon, autant rester chez soi...
 C'est donc la formule que nous avions choisi pour tous les quatre. Pas de corvée de ménage, ni de cuisine, ni de vaisselle et encore moins de linge ! Service maximum garanti... Du moins, c'est ce que nous pensions lui et moi. Alors, quelle déception lorsque nous nous sommes rendus pour la première fois dans le restaurant de l'hôtel. A vrai dire, il ne s'agissait en fait que d'une simple cafétéria, un self-service ni plus ni moins plus sophistiqué que tous ceux que l'on trouve tout autour de chez nous. A quelques dizaines de kilomètres tout de même du lieu où nous résidons toute l'année, sur cet immense plateau qui nous reste du massif volcanique d'Auvergne. Ce lieu étonnamment paisible, ce havre de paix qui commençait d'ailleurs à me manquer terriblement à cet instant précis.

 Pas de vaisselle à faire, certes, mais pas de roomservice non plus comme promis dans la superbe brochure. Décidément, je commençais vraiment à détester cet endroit et surtout, tous ces fichus vendeurs de rêves, ces insulaires pas si chaleureux que cela à vrai dire. J'aurais alors bien aimé pouvoir écourter nos précieuses vacances de rêve, qui commençaient pour le coup à virer à la désillusion, mais je n'en avais ni la force, ni le courage tout simplement. Cela restait tout de même fortement dépaysant de se retrouver là, tous ensemble, loin de tout. Si loin de nos vieilles montagnes, de nos douces vaches aux yeux ornés de noir, de tous nos proches... Loin de tout ce qui faisait notre quotidien. Et quel quotidien parfois !

Je n'avais surtout pas le droit de gâcher tous ces milliers d'euros que nous avions mis tant de temps à mettre de côté pour pouvoir nous offrir, au moins une fois dans notre vie, quelques jours de rêve, de plaisir. Un véritable bol d'air, quoi !
Tout au long de l'année, nous avions des journées épuisantes, interminables. Levés de très bonne heure. Eh bien oui, la traite, ça n'attend pas ! Couchés très tard. Le travail, la maison, les enfants, les factures... Nous avions tellement besoin d'une bonne coupure, d'un repos éternel, J.P. et moi. Nous le méritions amplement. Mais au lieu de cela, des déboires, encore des déboires...
Quelle galère la vie finalement ! Vacances ou pas, toujours besoin de se battre.

Le comble des vacances paradisiaques, c'est que celles-ci peuvent très vite se transformer en véritable cauchemar.

Dès la deuxième semaine, nous pensions vraiment avoir tout vu, tout vécu sur cette île. Mais non, bien au contraire, il restait toujours plus de surprise à venir ! Un matin, nous avons loué un petit bateau de plaisance avec chauffeur pour aller visiter quelques-unes des nombreuses îles de granit et de corail qui composent l'archipel. Les voir toutes aurait été bien sûr impossible puisqu'il n'y en a pas moins d'une bonne centaine environ. Tout se passait à peu près bien. Les enfants n'avaient pas la nausée, pour une fois. Jean-Pierre filmait la beauté des lieux, les différents paysages qui nous entouraient au fur et à mesure que l'on avançait, semblant glisser sur l'océan indien. Quant à moi, je me contentais de figer sur mon vieil appareil photo argentique de simples souvenirs d'une terre si lointaine. Au moins cela aurait une qualité d'image extraordinaire ! Et tout à coup, le bateau qui s'arrête... Le chauffeur, qui ne se sentait pas trop bien, avait préféré stopper le moteur. Le temps de nous dire à tous les deux ce qu'il ressentait et il s'était évanouit. Heureusement que mon J.P. avait passé son permis bateau par le passé, que l'engin n'était pas trop imposant non plus et que nous

n'étions pas trop loin de la côte. Pendant que je m'occupais de notre accompagnateur, revenu à lui après quelques minutes, mon imperturbable époux de longue date avait pris les commandes. Les enfants étaient rassurés eux aussi.
    Arrivés près d'une plage, nous accostâmes rapidement. Les enfants descendirent du bateau puis à deux, nous portons le chauffeur jusqu'au poste de secours qui se trouvait là par miracle. Comme quoi, parfois, ça peut arriver... ! Celui-ci sera donc aussitôt pris en charge et un hélicoptère viendra le chercher pour l'amener à l'hôpital le plus proche, à cinquante kilomètres. On apprendra par le médecin secouriste que ce monsieur était suivi pour des problèmes cardiaques.

    Deux jours plus tard, c'était la veille du grand départ. Ou plutôt, du grand retour pour la France ! Nous avions l'impression d'avoir atterri ici depuis plusieurs mois. Toutes les personnes que nous avions croisées ici nous avaient toujours paru aimables mais pas franchement ravies de nous savoir ici, parmi elles. Moi qui m'étais fait tout un film sur ce séjour à l'étranger, j'étais à vrai dire assez déçue.

    Alors que nous préparions nos bagages pour refaire le chemin à l'envers vers la France, une chose vraiment très surprenante s'est alors produite. C'est donc à ce moment-là que nous avons compris bien des choses. Malgré toute notre rancœur, nous nous sommes mis à rire aux éclats tous les quatre ensemble. Nous avons reçu un appel sur le portable de Jean-Pierre, le tout premier en deux semaines d'ailleurs. C'était l'assistante de l'agence de voyage, là-bas en métropole, qui voulait nous avertir de la terrible erreur qu'il y avait eu lors de notre aiguillage, si je puis dire, deux semaines auparavant. Il était tant d'ailleurs de nous en avertir, non... ? En effet, nous avions pris le bon avion depuis Rodez mais celui-ci ne nous avait pas du tout amenés aux Seychelles. Il nous avait déposés là où nos billets l'indiquaient. Destination : îles des Galápagos !

    Je compris enfin en quelques secondes d'où venaient toutes ces tortues géantes dont j'avais si souvent entendu parler dans les reportages à la télévision. Mais je compris aussi pourquoi nous n'avions pas retrouvés les mêmes paysages assurément promis par la brochure de l'agence.

Quoi qu'il en soit, ce voyage restera pour nous inoubliable. La destination, encore bien plus inconnue finalement, aura été fort déroutante et dépaysante pour de simples petits paysans comme nous.

La distance de sécurité

— Ras-le-bol, toujours la même rengaine. Il ne le fait pas exprès. Heureusement encore ! ressassait Ludmilla.
Toujours le même refrain pour éviter à Umberto de se remettre en question, de s'avouer vaincu au jeu du menteur. Les mêmes mots depuis vingt ans, les mêmes excuses bidons depuis tout ce temps. Et pour elle, toujours les mêmes sentiments d'injustice, de stupeur au fond de son corps. Mais cette fois-ci, c'est fini ! Le mal est fait. Il est trop tard... Beaucoup trop tard maintenant !

Elle l'avait pourtant mis en garde bien des fois. Bien des nuits, Ludmilla avait pleuré sur son épaule, dans ses bras. Bien des jours, elle lui avait exprimé son état, à lui. Cet être si charmant qu'elle avait pourtant choisi d'épouser un soir de pleine lune. Mais rien à faire ! Tout aussi charmeur, Umberto lui répondait quasiment à chaque fois :
— Tout cela, ce n'est que dans ta tête ma chérie ! Cette jalousie n'a vraiment pas lieu d'exister.
Ou disons plutôt que cela lui permettait d'exister à lui, de l'exciter au fond peut-être ? Qui sait...

Mais ce soir-là, ce fut vraiment la goutte d'eau qui fit déborder le vase, le mètre cube de trop qui fit sortir la rivière de son lit, l'océan de ses fonds sous-marins... L'orage grondait depuis peu. Dans la tête de Ludmilla, il y avait aussi du vent, de la pluie et des éclairs qui commençaient à embrouiller son esprit. Elle sentit soudain monter en elle une colère noire, une haine profonde et inimaginable envers lui, cet homme si beau et si doux qui remplissait pourtant sa vie de bonheur très souvent. Mais juste, parfois, ce n'était pas assez à son goût, à son plus grand désespoir ! Ces quelques instants horribles où il oubliait qu'il n'était plus libre, marié à une femme telle qu'elle. Une de ces femmes dont le seul but dans la vie est d'être profondément heureuse avec un seul et même homme, toute une vie durant. Une de ces grandes romantiques, encore en sursis aujourd'hui, mais qui ne lâchait pas prise aussi facilement. Et ce soir-là, elle sentit vraiment que sa patience avait soudain atteint ses propres limites, que son cœur et son corps tout entier ne pourraient en supporter davantage.

En un dixième de seconde, la jeune femme se jeta sur sa rivale et l'agrippa par cette espèce de tignasse blonde qui lui servait de cheveux, ou d'attribut sexuel peut-être. Ensuite, elle la fit rouler à terre sans crier garde. Elle se mit à cheval sur elle pour essayer de la maîtriser en lui infligeant une bonne correction. Cette folle insignifiante semblait vouloir la mépriser depuis de si longues minutes maintenant avec son regard impuissant. D'ailleurs, Ludmilla n'oubliera jamais ce regard de teigne, ces gémissements de hyène que l'autre laissait échapper entre ses dents de requin. Jamais elle ne le pourra !

Elle s'apprêtait à lui coller cinq ou six baffes supplémentaires quand soudain, des bras étrangers l'attrapèrent et la serrèrent si fort qu'elle en eut mal jusqu'aux poignets. Ce n'étaient pas ceux de son homme, bien évidemment, mais ceux des gendarmes qui essayaient à tout prix de les séparer. Ils lui ordonnèrent surtout de se calmer et de sortir de cette furie pour reprendre le contrôle d'elle-même.

Ils aidèrent Ludmilla à se relever, tout en la décrochant de l'autre, cette peau de vache aux seins beaucoup trop lourds, cette fichue couguar aux intentions si troubles... Encore une de celles qui lui faisaient parfois tourner la tête à chacune de ses sorties avec Umberto depuis plus de vingt ans, malgré cet amour pur et intense qu'il semblait lui vouer.

— Tu parles, que des mensonges, des conneries tout ça ! lui répétait-elle sans cesse.

Elle n'en pouvait plus de cette façon à la fois mielleuse et tyrannique qu'Umberto avait de se coller à toutes ces femmes, ces fameuses chiennes ou chattes en chaleur, juste pour leur demander l'heure ou un simple renseignement. Elle qui avait toujours su respecter cette putain de distance de sécurité, tout autant avec les autres hommes qu'avec les voitures !

Que faisait-il alors de leur amour, leur passion et leur intimité réciproque dans ces moments-là... ?

Elle ne supportait plus du tout de sentir leurs parfums, leurs effluves sur le col des chemises de son mec, ni de trouver

66

les traces de leur rouge à lèvres sur ses joues. Rien qu'à l'idée d'imaginer leurs ongles et leurs mains effleurer sa peau, et leurs corps se frotter amplement au sien, elle en crevait à petit feu. Même s'il lui affirmait que cela n'allait jamais plus loin...

Ludmilla se retrouvait parfois juste à quelques centimètres de toutes ces bimbos et n'acceptait donc plus autant de proximité. Elle le voulait que pour lui, l'espérait qu'à ses côtés puisqu'elle n'appartenait qu'à lui. Alors, pourquoi tant de vies gâchées en si peu de temps ? Pourquoi toute une vie bafouée à croire en ses mensonges, à lui faire confiance pour rien, finalement ?
Elle et lui : elle y croyait dur comme fer ! Lui et elle : elle pensait leur couple invincible. Mais bien au contraire, dès le départ, elle avait fait fausse route.

À présent, elle était seule. Seule face à elle-même, dans cette cellule de dix mètres carrés, vingt-quatre heures sur vingt-quatre. Elle n'avait plus besoin de lui en fait. À cause de Umberto, elle en était arrivée là. À cause de son insolence, de ces grands atouts qu'étaient son sexe et sa belle gueule, elle avait tout perdu.
À présent, elle avait une sale tronche de taularde. Elle ne voulait plus le voir, ni entendre parler de lui.
— J'ai écopé de six mois ferme à cause d'une saleté de bimbo, qui te fait encore sûrement bander après ça malgré tout, lui avait-elle lancé après le procès.
Une de ces pouffiasses à qui elle avait voulu défoncer le crâne de ses toutes petites mains endolories.

Jamais elle ne cessera vraiment de l'aimer ce pauvre type, au plus profond de son être. Mais elle finira bien par l'oublier après toutes ces longues nuits blanches passées ici, dans ce trou pourri qu'est la cellule. À présent, ses chaînes sont invisibles et elle n'a même pas la clé pour s'en libérer. Alors, elle a préféré le libérer lui de tout ça. Tout cet amour qui lui a souvent fait si mal et a contribué à la détruire davantage encore.
— Tu es un homme libre à présent. Pas moi ! Je suis prisonnière de mes actes, mes peines, mes démons... Et même si je dois ressortir d'ici peu de temps, ce n'est pas vers toi que je

retournerai, avait-elle écrit à son mari dans une seule et unique lettre.

Ludmilla fera donc tout son possible pour ne jamais retrouver le chemin de l'amour et de la jalousie qui l'ont consumée à petit feu aux côtés d'Umberto. Elle demandera le divorce et prendra alors la direction opposée pour ne plus jamais avoir à revivre ça. La case prison pour les beaux yeux de son ex, ce fut la boîte entière de Monopoly à avaler. Le plus dur reste la digestion !

La vérité

On lui avait dit, si souvent :
« Petite, faut écouter tes parents ! »
Mais les siens ne lui ont jamais rien dit, vraiment
Et elle a grandi avec beaucoup de doutes et d'interrogations.

On lui avait dit aussi, bien trop souvent :
« Petite, faut toujours aller voter, même blanc ! »
Et elle a accompli son devoir depuis ses dix-huit ans,
Sans jamais savoir réellement pour quel pion.

Puis elle est devenue grande à son tour
Et a voulu montrer le chemin à ses enfants.
Pour un jour, peut-être pour toujours...

Elle a souhaité pour eux beaucoup plus d'espoir
En leur suggérant à leur tour de se rendre aux urnes
Pour pouvoir accomplir, au mieux, leur fichu devoir.

Mais à quoi bon tout cela ?
A quoi bon suivre ceux-là qui ne sont même pas exemplaires,
Qui ne font que des conneries, bien couvertes par leurs pairs ?

Si elle décide aujourd'hui de ne plus accomplir son devoir
Qu'est-ce que cela changera au fond dans son grand désespoir ?
Est-ce que son quotidien en deviendra réellement pire
Si la représentante de sa commune ne croit pas en ses dires... ?

Tout au début, le droit de vote était un droit civique
Mais il est devenu à ce jour un devoir, une obligation à risques.
Le risque imminent de se tromper en faisant son choix
Entre plusieurs candidats dont le but est de devenir l'unique roi.

Dictature, monarchie, république ou anarchie.
Conservateurs ou « pro-écologie »,
Socialistes, démocrates ou républicains.
Rien ne change, malheureusement, c'est certain !

Les mensonges, le pouvoir, la richesse.
La précarité, la pauvreté, la misère.
Toujours pas d'équilibre entre les êtres humains, ni d'égalité.
Et ça, c'est une triste réalité... !

Mensonges

Encore un mensonge de sa part. Et un de plus... ! Mais comment peut-il encore se regarder dans le miroir après tout ce temps ? Après toutes ces belles promesses qu'il n'a jamais tenues d'ailleurs, tous ces mensonges qu'il a su si bien camouflés, ces sorties de route et d'autoroute parfois...

Qu'a-t-il de plus que moi celui-là finalement, ou de moins ? Malgré toutes ses erreurs, ses détournements de fonds et de fous, ses secrets de famille déterrés et si mal enterrés depuis des siècles. Malgré tout cela, il va et vient comme si de rien n'était, alors que moi, je trime pour gagner ma croûte et faire vivre ma petite famille. Je m'use la santé, les mains et le dos à remuer toutes ces montagnes de cartons aussi lourds que des caisses de plomb. Pendant ce temps, il s'offre les services d'un chauffeur non déclaré et mal payé pour l'emmener où il veut, le balader d'hôtel en hôtel. Il s'offre aussi les services secrets d'un « nègre littéraire » pour écrire à sa place tous ces beaux discours hypocrites et ces romans mensongers que de grandes maisons d'édition s'arrachent.

Toute une vie à me forger une âme, une conscience. A n'avoir d'yeux que pour elles, les quatre femmes de ma vie, et de cœur pour ceux qui me le rendent bien. A me faire le cuir dans le sang et la sueur...

Y a-t-il réellement une justice à deux vitesses ici en France, comme ailleurs ? Une pour les plus riches qui peuvent s'offrir les services assouvis des meilleurs avocats. Même si l'on ne peut pas dire que défendre les intérêts des plus grands criminels soit le meilleur choix en matière de droit... Et une autre pour les plus pauvres qui, comme moi, ne savent pas de quoi demain sera fait et piquent, un jour, ce fameux billet maudit de dix euros dans la caisse de la patronne. Juste pour pouvoir aller acheter à bouffer à ses mômes lors d'une fin de mois beaucoup plus difficile que les autres... Ces mêmes individus qui essaient de ruser pour éviter de payer un loyer de trop mais que les huissiers rattrapent au collet. Ceux qui gardent espoir malgré tout en se raccrochant au sourire de leurs gamins avant de les déposer chez la nounou et partir embaucher dans cette usine où le bruit est leur seul allié, le risque leur pire ennemi et le maigre salaire leur récompense. Même si ce dernier ne suffit jamais à payer toutes les factures, à rembourser le crédit maison, le crédit voiture... Tous ceux-là qui se font arrêter à temps, eux finalement, avant que le monde ne bascule dans la révolution et que les petits bandits ne deviennent des héros avec leurs paquets de gâteaux planqués sous le manteau.

Pendant ce temps, l'autre se pavane et se promeut pour être l'élu. Président, rien que ça ! Comme si de rien n'était, comme s'il était blanc comme neige. Tous ses amis, sa famille, ses compatriotes ne voient que par lui et marchent, en rang, derrière lui. Tous pensent qu'il est totalement innocent et n'a rien fait de mal. Totalement vierge !

Pendant ce temps encore, ils sont quelques milliers, voire quelques millions, sur notre dos. Le dos des contribuables. Mais ça n'est pas la fin du monde après tout...

Moi, je n'ai pensé qu'à mes deux petites pendant un dixième de seconde et je leur ai tout redonné à ceux-là qui m'ont pris la main dans le sac en me jugeant et me scrutant du haut de leur pouvoir absolu. Pourtant, rien n'y a fait. Bien au contraire ! Malgré mes excuses et mon repenti pour cet infime et unique dérapage, aucun juge n'a eu pitié de moi, aucun avocat n'a su m'épargner la peine maximale : la honte ! Mais lui, qu'a-t-il redonné... ?

J'ai dû encaisser le coup, accepter la sentence et exécuter mes TIG dans cette petite commune où tout le monde me connaissait d'avant. Et là, personne n'a clamé mon innocence, ni applaudit mes délires et encore moins continué à croire en moi après une telle erreur. Je n'ai pas été blanchi en public, bien au contraire ! Presque lynché... J'ai été montré du doigt comme un vulgaire voyou, fusillé du regard par ceux qui se disaient être mes frères et avoir confiance en moi. Ma femme a souvent été humilié suite à cela par celles qui la jalousaient le plus, finalement : ses meilleures amies ! Et je ne parlerai pas de nos filles, les pauvres...

Malgré tout, j'ai toujours tenu bon. Ensemble, nous

avons gardé la tête froide et haute. Je n'ai pas flanché, ni même détourné les yeux un seul instant d'elle. Malgré tous ces remords qui finissaient par me hanter, ces regrets qui me clouaient au sol parfois, elle a su être là pour moi. Et mes filles aussi ! Il faut dire qu'elles avaient de qui tenir... Les femmes sont souvent tellement surprenantes, incroyables. Tellement vraies et entières ! Les hommes, quant à eux, sont quelquefois si cruels, imbus de pouvoir et tellement prévisibles. Tout comme lui...

Les mois ont passé et je n'ai rien oublié. Lui si, apparemment ! Je n'ai pas pu oublier qu'à cause de lui, il m'avait été impossible de retrouver un travail stable et décent puisque ma boîte avait fermé elle aussi. J'avais dû mentir pendant des mois à tous mes proches par peur de leur avouer que je n'étais plus rien. Tout ceci parce que Monsieur, ayant beaucoup d'argent et ne sachant qu'en faire, avait décidé de se payer les meilleurs avocats crapuleux de la région pour pouvoir démentir ce fameux « canard » qui se déchaînait sur lui et sa patrie depuis des mois. Lui, ce fourbe qui ne racontait que des histoires à dormir debout alors que moi, à l'autre bout du pays, je me décarcassais nuit et jour pour survivre. Sans oublier, au passage, la petite histoire enfantine à raconter chaque soir à mes deux poupées... Tel un animal de basse-cour, un « coq de la haute », il continuait à s'exhiber dans tous ses meetings à la rencontre du moindre petit français basique, « catho » et si conservateur. Tout autant, inévitablement, que celui qui trompa son monde durant quelques années derrière sa moumoute jaunâtre et du haut de ses grands buildings au goût de pétrole et de dollar...

Quant à moi, j'étais finalement bien plus apte à raser les murs et à tondre ma pelouse plutôt que d'aller jouer dans la cour des grands. Je l'aurais en fait bien tué de mes propres mains ce salopard mais à quoi bon ? Cela aurait-il suffit à me rendre ma dignité ? Bien sûr que non... Et je n'arrêtais pas de penser à elles. Moi au moins, j'aimais sincèrement ma femme et mes filles, et ne voulais surtout pas les décevoir malgré mon côté rebelle. Malgré ma seule faute ! Alors, je devais chasser de mon esprit cette ignoble pensée, celle qui me ramenait toujours à lui. Je devais oublier qu'un jour, une nuit, l'idée avait germé dans ma tête. Cette idée un peu folle de me débarrasser de lui à tout jamais pour pouvoir repartir à zéro. Mais rien n'aurait pu changer la donne, rien n'aurait pu me faire revenir en arrière. Je devais assumer ma connerie une bonne fois pour toutes sans penser à lui et aller de l'avant. Ne plus penser à tout cela, tourner la page définitivement !

Monsieur avait à présent du souci à se faire puisque le fisc ne le lâchait plus d'une semelle, ni d'une semaine. La sentence pour lui venait enfin de tomber : échec total à la présidentielle.

Le printemps était de retour. Enfin !

Le décompte a commencé

Et si chacun et chacune d'entre nous
Osait se donner rendez-vous,
Ici même, des années plus tard,
Dans ce lieu rempli de souvenir pris au hasard ?

Personne ne saurait vraiment qui viendra ou ne viendra pas,
Personne ne saurait si ce rendez-vous sera l'ultime ou pas,
Mais tout le monde voudrait bien se prêter au jeu.

Après toutes ces années encore à patienter, un peu,
A espérer la fée des logis ou le prince charmant,
A panser les petits maux des enfants, ou des grands.

Toutes ces années à se dire que l'on a bien vécu tout, mes amis.
Emprisonnés chacun et chacune dans nos propres vies,
Bien rangées ou bien trop décalées parfois.

Ces fichues vies que l'on s'envie encore quelquefois,
Ces fameux métiers que l'on rêvait tant de faire un jour
Et tous ceux que l'on ne pratiquera pas forcément avec amour.

C'est ainsi que par une chaude nuit d'été, on s'est revus.
Que par une fraîche matinée d'hiver, on s'est croisés, émus
Les uns et les autres, célébrant ensemble un heureux évènement
Ou bien encore, pleurant un proche lors d'un enterrement.

Main dans la main, on s'est juré d'être toujours là,
Les uns pour les autres...

D'un côté, celui qui s'est engagé pour l'éternité.
De l'autre, celle qui est partie en faisant ses adieux à jamais,
Laissant son homme et sa petite fille sur le bord de la route,
Pleurant toutes les larmes de leurs corps, sans aucun doute.

Celui qui a promis de faire beaucoup mieux que les autres, fier,
Mais passera toute sa vie de galère en galère.
Ou alors, celle qui gravira tous les échelons, si belle,
Sans se préoccuper de ceux qui restent au bas de l'échelle.

Celui qui grimpera sur l'échafaud pour y défendre sa place,
Son usine, son appartenance à tout un peuple de la même classe,
Miséreux et tellement incompris par ceux qui leur font face.

Sans oublier celle qui sacrifiera sa vie tout entière
En éduquant tous ses rejetons, sans être trop sévère
Mais en sachant qu'elle pourra toujours compter sur leur père.

Ou celui qui reniera sa patrie et sa famille
Juste pour assumer toutes ses différences,
En pensant très fort à celui qu'il aime, en toute innocence.

Tout au fond d'eux-mêmes et d'elles-mêmes,
Ces hommes et ces femmes ont les mêmes rêves d'enfants,
Les mêmes espoirs d'adultes, les mêmes enseignants
Qui leur ont transmis un peu de leur vie future, tout de même.

Ce futur qu'ils ne maîtrisent certainement pas,
Ce passé dont ils ne se souviennent quasiment pas,
Ce présent qui leur échappe, pas à pas.

Surtout lorsqu'ils apprennent, bien trop tard,
Qu'un des leurs va bientôt quitter le nid et s'envoler du groupe
Pour aller rejoindre les abîmes d'une vie bien trop dupe,
Pour braver l'amour et la mort, tôt ou tard.

Alors, seule la maladie se retrouvera face à elles, face à eux.
Cette putain de douleur, de terreur qui, peut-être, les rongera
Tous et toutes, les uns après les autres, comme une boule de feu.

Est-ce vraiment si naturel de mourir ainsi dans son sommeil
Ou d'avoir le cœur qui lâche au réveil ?
Ou encore, de ne pouvoir rouvrir les yeux après une sieste... ?

Bien sûr que non, mais des douloureuses disparitions
Certains diront que celle-ci est la plus douce des illusions !

Alors, seuls restent les souvenirs inoubliables
Que nous avons tant partagés ensemble,
Sans jamais avoir peur du lendemain, si malléable.

Nos photos, nos vidéos, nos éclats de rire et nos sourires.
Ces baisers, cachés ou volés, ces bons moments ou les pires.
Ceux qui seront pour toujours gravés dans nos mémoires
Et au plus profond de nos cœurs, iront s'échoir.

Mais sauront-ils vraiment nous suffire…

Le rêve

Il était une fois, une jeune et très belle femme appelée Esperanza. Elle vivait dans un immense royaume au nom incroyablement beau mais inévitablement long : *« Le château des mille et un espoir ».* Elle y avait passé toute son enfance et son adolescence, sans jamais pouvoir mettre le bout de son petit nez dehors une seule seconde. Il faut dire, tout de même, qu'elle n'avait jamais manqué de rien, la pauvre !
Mais qu'en était-il réellement de tous ses espoirs, ses envies et ses besoins à elle ?

Esperanza n'était pas bien grande, certes, mais elle avait un cœur énorme. Toutes ses amies lui répétaient tout le temps qu'elle était la plus jolie des filles de la région mais elle s'en fichait totalement. Ce qui lui importait le plus c'était de pouvoir écrire. Des poèmes, des chansons, des nouvelles... Des petites histoires à lire et à raconter aux enfants, tout comme aux adultes bien sensés.
Elle passait donc le plus clair de son temps à coucher tous ses mots sur du papier blanchi. A entrelacer tous ces verbes, ces sujets et ces compléments les uns avec les autres. A exprimer tous ses maux dont elle souffrait, en silence, dans sa tour bien dorée.
— Mon temps à moi n'est point aussi précieux que celui de tous ces messieurs et toutes ces dames qui sont à mon service depuis des années, se disait-elle bien souvent.
Elle aurait tellement préféré parfois, pouvoir agir à sa guise. Seule ! Pouvoir sortir sans ses habits de princesse et enfiler des vêtements beaucoup plus amples, moins apprêtés et tellement plus confortables. Pouvoir s'extirper de ces murs si épais et partir à la rencontre de ce monde extérieur, là où jamais personne n'avait encore osé l'emmener. Elle, la fille du roi !

Esperanza avait assurément de très bonnes manières. Tout comme les autres jeunes filles de son âge élevées dans cette haute société, cette bourgeoisie à sens unique. Elle avait été conditionnée ainsi, tout comme ses congénères, sans jamais pouvoir espérer autre chose. Mais elle était persuadée, au plus profond de son cœur, qu'il existait une tout autre vie pour elle, ailleurs que dans son château de verre. Une vie bien plus belle encore que celle qu'elle avait ici, encore plus excitante que ce cocon douillet dans lequel elle allait finir par s'ankyloser et s'endormir à tout jamais.

Dehors, elle pressentait une tout autre existence, une vie trépidante, un quotidien très mouvementé...

Ainsi, par une nuit bien noire où toute l'assemblée autour d'elle semblait enfin s'être assoupie de très bonne heure, elle décida de s'enfuir avec pour seuls bagages, une plume et un carnet de feuilles vierges.

— J'en aurai sûrement l'utilité là-bas, au pays des rêves où l'on ne dort jamais, se disait-elle. Ce pays merveilleux où la vie n'est pas que rose finalement, où l'on ne passe pas son temps à se regarder dans son miroir. Cet endroit magique où chaque rêve peut devenir réalité, où tout est permis... Ou presque !

L'horloge du château venait de sonner minuit. Esperanza avait déjà quitté son antre depuis des heures maintenant. Elle avait emprunté le mystérieux passage secret qui l'avait conduite aussitôt en dehors des limites du grand palais. Dehors, loin de cette vie bien rangée, cette grande famille qui finissait vraiment par l'étouffer... La belle princesse se transformait alors en une jeune femme basique, ordinaire parmi les autres. Mais pour une fois dans sa vie, elle se sentait vraiment importante. Elle qui n'avait jamais pu faire un pas sans qu'on lui fasse un grand sourire, une révérence ou un baisemain voilà qu'elle se retrouvait à présent face à de véritables inconnus. Telle une inconnue ! Elle pouvait alors courir, crier de joie, tournoyer sur elle-même, chanter à tue-tête sans que personne ne la reprenne, ne la fustige du regard.

Mais soudain, elle entendit un cri terrible au loin. Un cri de frayeur comme un hurlement de loup, une plainte dans la nuit. Puis elle finit par rouvrir les yeux...

La rue était toujours aussi sale, la vie toujours aussi dure pour elle. L'espoir restait quelque peu lointain, inexistant.

Esperanza n'avait finalement pas bougé d'un pouce. Elle était toujours là, avec les siens, dans ce fichu bidonville, parmi tous les autres. Seul son rêve était resté intact : celui de subsister malgré tout dans cette rue glacée. Cette ruelle où ni les princes, ni les rois ne passeraient jamais pour la voir, la remarquer un instant, ni l'enlever à cette misère terrible qui lui colle à la peau comme la boue s'accrochent aux fins souliers vernis des belles de jour. Malgré son joli prénom qui chantait la beauté des choses simples du quotidien, l'espoir de ses parents, de sa famille et de tout un peuple que la faim tiraillait de plus en plus, jour après jour.

— En verrai-je un jour la fin de toute cette injustice, de ce manque d'égalité entre les peuples bien nés et ceux mal lotis ? se demandait souvent Esperanza.

La jeune fille espérait bien que oui. Elle était née pour cela d'ailleurs, sans même le savoir.

Un jour, la jeune fille deviendra reine sans même le vouloir mais refusera toute souveraineté pour confier les clés du royaume à son peuple. Son château, devenu foyer d'accueil. Ses espoirs devenus solidarité, égalité... Et surtout, Liberté !

Aux portes du passé

      Quand il eut passé le pont, des fantômes vinrent à sa rencontre...
      Ils étaient au nombre de trois, affreusement laids. Ryan n'en fut même pas surpris. On lui avait si souvent parlé de ce fameux château hanté durant toute son enfance qu'il ne demandait qu'à y croire et surtout, à le voir. Mais ces fantômes-là avaient des formes tellement étranges, inquiétantes. A vous glacer le sang ! Le jeune homme se garda bien de leur montrer toute la peur qu'il avait en lui. Il ne fallait surtout pas faillir. Pas maintenant ! Du moins, pas tout de suite car il devait aller jusqu'au bout de ses convictions, terminer son périple.
      Poliment, il leur fit un petit signe de la tête comme pour dire « Bonjour, laissez-moi passer s'il vous plaît ! » Tout simplement... Puis il poursuivit sa route sans s'arrêter, sans se retourner. Il sentait bien leur souffle dans son dos, dans son cou. Il en eut même des frissons un court instant mais ne broncha pas. Il continua à marcher d'un pas alerte, pas franchement rassuré, se dirigeant vers cette immense demeure abandonnée. Celle qui l'intriguait tant depuis toujours ! Son cœur battait à cent à l'heure, ses doigts tremblaient et ses mains étaient si froides. Ses jambes aussi commençaient à tressaillir, à montrer de légers signes de faiblesse. Cela faisait si longtemps qu'il marchait, à présent. Plus de quarante-huit heures qu'il s'était enfui comme un sauvage de son foyer bien douillet et paisible pour aller chercher la vérité ailleurs. Ici, à quelques mètres de lui maintenant. Cette fichue vérité qu'on lui avait toujours caché au sujet de ses vrais parents.
      — Pourquoi les grands mentent-ils si souvent aux petits ? Pourquoi les adultes ne veulent-ils pas toujours raconter les vraies histoires aux enfants ? se demandait-il quelquefois.

      Ryan était persuadé depuis toujours que les réponses à toutes ses questions se trouvaient là, derrière ces murs épais, à cet endroit précis dont personne ne voulait jamais parler. Ce lieu soi-disant maudit qui l'avait pourtant toujours attiré, fasciné, tout autant qu'il l'effrayait d'ailleurs. Ce coin si magnifique mais tellement impénétrable. Cette gigantesque forteresse, désormais en ruine, dans laquelle bien des histoires s'étaient déroulées. Bien avant sa naissance et aussi après.

Le jeune homme était tout joyeux, malgré les apparences, car il avait appris une bonne nouvelle. Mais à la suite de cette annonce, il avait subitement ressenti un profond malaise. Comme une rage de dents intense, un spasme épouvantable qui le pliait en deux, une longue écharde qui s'enfonçait dans son bras jusqu'à le paralyser... Tous ces désagréments qui lui revenaient à l'esprit comme lorsqu'il était enfant puis adolescent. Le temps le rattrapait, le passé le poursuivait.

— Mais quel passé, bon sang ? se disait-il au juste.

Sa fiancée, Annabelle, lui avait effectivement laissé deviner qu'elle était enceinte. Cet enfant miraculé qu'ils espéraient tant tous les deux après toutes ces années et qu'elle attendait enfin, après de nombreuses tentatives. Ce bébé providentiel dont ils s'étaient mis à rêver jour et nuit, en essayant de ne jamais perdre espoir. Il était là, désespérément, dans ce petit ventre encore bien plat. Il allait grandir, grossir et finir par sortir par cet orifice tellement étroit.

Ryan se sentait soudain devenir grand lui aussi mais une crise de panique s'était mis à l'envahir. Il fallait donc qu'il parte.

— Quel père serai-je, moi qui n'ai jamais connu le mien ? Le vrai ! Quels parents ont été les miens véritablement ? s'interrogeait-il.

Il fallait qu'il sache, à présent, la vérité. Toute la vérité ! Pas seulement celle que tout le monde avait bien voulu lui souffler à demi-mot mais cette sacrée véracité qui fait peur, qui fait mal à tous ceux qui savent. Celle qui vous arrache le cœur et vous terrasse. Mais surtout, cette exactitude, cette réalité qui lui permettra d'y voir beaucoup plus clair dans sa propre vie et d'avancer enfin à grands pas. L'histoire véritable de sa naissance qui l'aidera à comprendre tant de choses et surtout, à devenir père à son tour.

— Que pourrai-je bien raconter à mon fils ou à ma fille si je ne sais pas moi-même d'où je viens ? Rien... se dit-il.

Ryan devra inventer de nouveaux mensonges lui aussi, comme tous ceux qu'on lui a rapportés lorsqu'il était enfant, mais il n'en a pas envie. Il ne s'en sent pas le courage, ou plutôt, la lâcheté. Il a juste un grand besoin d'honnêteté et de sincérité pour son avenir ainsi que celui de ses futurs enfants. Il doit donc tout découvrir, dès à présent, pour pouvoir se libérer de ce terrible poids qui lui pèse et partir sur de nouvelles bases avec sa future femme. Tout savoir sur ses ascendants pour comprendre où il va afin d'essayer d'inculquer de vraies valeurs, vitales et primordiales, à ses descendants.

C'est donc pour toutes ces raisons que le jeune homme a décidé de partir à la chasse au trésor, à la conquête d'une vie tout entière à moitié perdue dans les broussailles d'une forêt mal entretenue, les décombres d'un palace en déclin. Ou plutôt, une force inexplicable l'a poussé vers là-bas !

Le futur papa avait parcouru des dizaines de kilomètres à pied depuis son départ précipité. Une très longue distance qui le séparait de sa vie actuelle à Lacaune, de ce château si mystérieux près de Lautrec. Bien loin de Toulouse ! A quelques minutes seulement de Graulhet où une splendide vue panoramique s'offrait à lui : la Montagne Noire, les Monts de Lacaune, la plaine de l'Agout… Mais il ne s'en souciait guère. Depuis deux jours et deux nuits, Ryan parcourait la région, seul, à travers routes et chemins sinueux, parmi les arbres et les automobilistes qu'il suivait ou croisait sans savoir réellement où il allait. Pourtant, tout au fond de lui, il savait très bien où son cœur le mènerait, où sa raison le pousserait : au château de Malvignol. Du moins, ce qu'il en restait…

Il était parti, bille en tête, pour découvrir enfin cette sacro-sainte vérité. Et il n'en démordrait point ! Les horribles fantômes qui l'avaient accueilli dès son arrivée, une fois le pont passé, venaient à présent de le dépasser. Alors, tout naturellement, il les suivit. Leur souffle ne le dérangeait plus désormais. Il ne le sentait plus dans son dos.

Au bout de quelques minutes, il arriva enfin devant l'entrée du château. La porte surdimensionnée du quinzième ou seizième siècle, entièrement délabrée, piquée et à moitié dégondée était encore très lourde et résistante. Elle grinça au fur et à mesure que Ryan l'ouvrait. Il se faufila pour pénétrer dans l'antre du fort sur la pointe des pieds, comme pour ne pas réveiller

qui que ce soit. Rien ne semblait avoir bougé ici, depuis des lustres. Ni les restes de meubles tout vermoulus, ni les escaliers en marbre brisés de part et d'autre, ni les dernières tentures moisies encore accrochées aux murs, ni la toiture à moitié effondrée... La nature avait fini par ensevelir toutes ces belles choses abandonnées, endommagées par le temps et cette odieuse guerre. Tout semblait avoir été violé, pillé et saccagé. Rien n'avait été dépoussiéré depuis des années. Tout semblait lié ensemble par d'énormes toiles d'araignées, très épaisses. Ces monstres velus avaient envahi l'énorme bâtisse. Personne pour les déranger !
Ryan avait la phobie de ces créatures abjectes...
— Comment vais-je pouvoir survivre à tout cela ? Et à tout le reste d'ailleurs ? se demanda-t-il.
Il reprit sa respiration et ajouta :
— Ce ne sont que de petits insectes à huit pattes après tout !
Ensuite, il se lança aussitôt à la recherche du moindre petit indice. Il souhaitait à tout prix exhumer tout ce mystère qui le reliait à ses racines, ici, dans ce vieil édifice aux mille et une surprises. Il voulait découvrir qui étaient ses véritables parents. Ceux qui l'avaient conçu, aimé et protégé. Soi-disant ! Il ne repartirait pas de là avant d'avoir obtenu gain de cause.

Les heures passaient, lentement. Ryan fouillait à droite et à gauche. Tant bien que mal, il ouvrait de très vieux coffres en cuir usés et rongés par les années, de lourdes malles en fer toutes rouillées. Toujours à la recherche de ce fabuleux trésor... Pas celui des Templiers mais seulement celui de sa famille ! Le secret de toute son existence pour gagner en puissance, aimer sans absence et en toute aisance.
Au moment de monter au premier, il trébucha dans les escaliers et se rattrapa à la rambarde. Fort heureusement, plus de peur que de mal ! Mais le temps pressait maintenant. Les fantômes, qui avaient disparus quelques instants, revinrent à la charge. Ils rôdaient à présent autour de lui, l'air menaçant. Une fois de plus, le jeune homme fit comme s'il ne les voyait pas. Pour ne pas se laisser intimider, il pensa très fort au visage qu'il aimait tant : celui de sa douce et tendre Annabelle.
D'abord une pièce, puis une autre... Il les visita toute

avec hâte. Soudain, au beau milieu de toutes ces ruines poussiéreuses, le jeune aventurier tomba sur cette énorme malle en fer noire. Il commença par s'asseoir, totalement épuisé, et ouvrit ensuite le grand couvercle de cette dernière. Là, il aperçut des paquets entiers de lettres d'amour, des cartes postales décolorées, des photographies jaunies, des livres abîmés, des cahiers grignotés par les rongeurs... Les souvenirs intenses d'un passé encore si douloureux qui commençaient à provoquer une profonde émotion en lui.

Enfin, il dénicha cette photo. Celle d'un homme et une femme, charmants et si jeunes, qui tenaient un bébé dans leurs bras. La photo avait été prise quelques mois après l'armistice. C'était inscrit au dos : le 8 septembre 1945 – Rachelle, John et Ryan (né le 28 mars 1945)

Ça y était, il approchait de la vérité. Il la touchait du bout des doigts. Alors, il continua à chercher, à fureter dans toutes ces vieilleries et y trouva des dizaines d'autres photos, certes très abimées mais toujours avec les mêmes protagonistes dessus : ses parents et lui. Il y avait aussi un autre couple, beaucoup plus âgé.

— Sûrement mes grands-parents paternels ou maternels ? se dit-il.

Puis enfin, la récompense de toute une vie de recherches : le journal intime d'une certaine Madame de Malvignol, la dame sur les photos. Des pages à peines jaunies qui ne semblaient pas avoir pris une seule ride, comme par miracle d'ailleurs vu l'état de tout le reste ici. L'encre n'était pas encore indélébile à l'époque...

Quoi qu'il en soit, Ryan se mit à lire l'ouvrage, à le dévorer même. Il en retint l'essentiel.

Sa mère, Rachelle, jeune étudiante juive, avait été recueillie pendant la guerre par un couple de français, très aisé, qui habitait ce château aux allures médiévales. Elle ne fut d'ailleurs pas la seule à avoir été cachée dans cette planque par ces bons samaritains... Peu après le débarquement des alliés, quelques américains s'installèrent eux aussi au château, en amis. L'un d'entre eux, John, tomba sous le charme de Rachelle. Ce fut réciproque, bien évidemment ! Alors, ils décidèrent de vivre ensemble dès que les hostilités seraient terminées. Ce jour arriva et l'enfant aussi. Mais durant les quelques mois qui suivirent la fin du conflit, la liberté retrouvée, les traîtres ne lâchèrent pas prises aussi facilement. Dans le village voisin, un certain Blaffard, Auguste de son prénom, ne supportant pas la défaite, ni la présence d'une juive et d'un ricain, ne fit ni une, ni deux. Une nuit, il décida de mettre le feu au château... Pendant des heures, une bonne partie de celui-ci brûla. Les jeunes amants étaient seuls, sans l'enfant, et ils périrent dans les flammes pendant leur sommeil. Leurs dépouilles, du moins ce qu'il en restait, furent enterrées au fond du parc en toute discrétion. Tout le monde aux alentours en fut bouleversé.

Les années ont passé. Le couple Malvignol s'en est allé lui aussi, sans héritier. Depuis cette tragédie, la riche demeure, certes bien défigurée par l'absurdité humaine, tombe en lambeaux.

Ryan venait de percer le mystère mais il n'était pas au bout de ses surprises. Les trois spectres qui l'épiaient depuis tout ce temps prirent tout à coup un air beaucoup plus amical. Voire familier... Leurs visages devinrent de plus en plus nets et précis, très faciles à reconnaître. Il s'agissait bien évidemment de son père, sa mère et Madame Malvignol. Il eut donc droit à de magnifiques sourires et leur rendit avec enthousiasme. Puis, petit à petit, il ne resta plus rien de ces trois ombres qui se décomposaient au fur et à mesure. Plus de voix déformées, de visages inconnus ou de souffle dans son dos. Il avait enfin tout compris...

Le soleil réapparut. Le château retrouva tout à coup tout son éclat comme avant. Plus de monstres poilus, ni de grosses toiles blanches, ni d'esprits fantomatiques qui hurlent dans le noir. Juste le silence et la beauté des lieux.
— Un lieu mythique à racheter d'ailleurs ! pensa-t-il.

Ryan se sentit enfin libéré. Il pouvait enfin être fier de lui, de son passé et de ses racines. Ses parents avaient été des sages.

Annabelle venait de le rejoindre. Elle l'avait cherché

partout depuis tout ce temps et heureusement, elle s'était souvenue de cet endroit. La future maman voulait partager ce moment avec son homme.

Devant la porte d'entrée, un écriteau disait : A vendre. Nos deux futurs acheteurs en avaient déjà l'eau à la bouche...

L'expérience de la nature

Roberto avait atterri dans cette région magnifique qu'est la Vendée depuis deux ans environ. Il avait pris possession d'un très vieux manoir situé sur les berges de la rivière que l'on appelait l'Yon et s'était entrepris à tout refaire lui-même, à l'intérieur comme à l'extérieur. Ce lieu privilégié était immense : plus de trois hectares d'un bout à l'autre. Il lui fallut donc plus de dix-huit mois pour rénover toute la toiture, les murs de pierre, les différentes pièces, les combles, la cave... Sans oublier la clôture qui délimitait les pourtours de la propriété.

Aujourd'hui enfin, il en voyait la fin de tous ces travaux. Enfin il pouvait pleinement profiter de son investissement ! Un superbe manoir du dix-huitième siècle qui avait connu tant de guerres et de tempêtes. Plusieurs familles royales y avaient séjourné, parfois même en secret, au cours de ces trois derniers siècles. Mais ne lui en parlez surtout pas à Roberto parce qu'il s'en moque éperdument de tout cela... Ce qui l'a le plus attiré lors de sa première visite il y a plus de deux ans, c'est la beauté sauvage et étrange de ces lieux. Cet amas de pierre qui ne demandait qu'à rajeunir au beau milieu d'un écrin de verdure. Cette énorme forteresse qui n'avait besoin que de la main de l'homme pour retrouver une seconde jeunesse. Et surtout, ce si grand silence au cœur de la campagne d'Anjou, le long d'une rivière si paisible. Un silence dont Roberto avait tant besoin après une vie bien tumultueuse et éreintante.

Il avait à présent un besoin profond de se poser, enfin, dans un endroit aussi boisé, champêtre et retiré. De se reposer aussi à l'abri des regards indiscrets...

Depuis maintenant six mois, il pouvait vaquer à ses occupations favorites : balader les touristes à pied, à vélo ou à cheval. Surtout à cheval, d'ailleurs ! Il n'avait pas hésité à s'offrir trois beaux chevaux bien racés. Un Percheron à la robe gris pommelé et un Henson à la robe beige, tous deux connus pour leur bon caractère et leur robustesse. Ainsi qu'un Trotteur français, à la retraite, avec sa robe chocolat si brillante, apprécié

lui aussi pour son côté social et endurant.
    Roberto avait construit une petite écurie rien que pour eux. Il n'avait pas vraiment les moyens de les mettre en pension aux haras municipaux et préférait les garder près de lui, ces sacrées bêtes. Il les aimait tant ses chevaux qu'il aurait donné toute sa vie pour eux. Ni femme, ni enfant ! Pas d'âme sœur avec qui partager sa passion, pas de descendance non plus à qui transmettre toutes ces choses. Personne à qui donner, à qui léguer tout ce qu'il avait de plus cher.

    A cinquante-huit ans, il n'avait plus vraiment l'âge de procréer, se disait-il. Alors, il passait toutes ses journées à profiter des bienfaits de la nature. Essayant d'inculquer des valeurs humaines à des personnes inconnues en quête de bonheur, offrant un peu de son temps précieux aux autres... Ainsi, cet homme était devenu le meilleur guide touristique de la région jour après jour parce qu'il possédait un tel savoir-vivre, une culture générale si profonde. La nature lui avait tout donné : la douceur, l'intelligence et l'humilité. Les chevaux lui avait appris aussi beaucoup de choses : la grâce, l'élégance et la bonté. Il ne leur parlait pas du matin au soir, ne murmurait pas non plus à l'oreille de ces anges à quatre pattes. Non... ! Il se contentait tout simplement de les observer, les contempler pendant des heures sans jamais parler. Un simple geste, un regard suffisait. Ils semblaient alors se comprendre, lui et ses animaux, comme de vrais semblables.
    Certes, il n'avait que deux pattes mais s'imaginait si souvent en avoir quatre, tout comme eux ! Il avait un dos si fin mais s'imaginait quelquefois porter les autres sur ses épaules sans jamais se fatiguer, tout comme eux !

    Appuyé contre un arbre au long port, un chêne plusieurs fois centenaire, il fermait les yeux et s'imaginait courant et sautant, nu parmi cette flore et cette faune vraiment ravissante, dans cette forêt tellement enivrante. Parmi les écureuils, les belettes, les biches, les sangliers, les chevaux sauvages... Il s'imaginait ici et là œuvrant comme la fourmi, bramant comme le cerf, volant comme le roitelet ou virevoltant comme le papillon jusqu'à ce que sa tête se mette à tourner, que son cœur s'accélère soudain et que son corps se laisse pénétrer par tant de nature et de volupté. Sans un seul mot, sans tous ces maux...

Pour rien au monde, Roberto ne souhaitait revenir en arrière. Pour rien au monde, il ne se voyait reprendre le chemin chaotique de sa vie d'avant. Il avait décidé, un beau matin, de tout plaquer, de tout mettre de côté et d'aller de l'avant. Les substituts, la compétition, les faux-semblants... Tout cela, il ne voulait plus en entendre parler ! La grande distribution, la restauration rapide, l'élevage intensif, la mondialisation... Ce n'était plus fait pour lui tout cela dorénavant ! Acheteur, vendeur, consommateur. Peu importe ! Ce monde-là ne lui disait plus rien qui vaille.

En tombant sur cette annonce, il savait tout au fond de lui que ce vieux manoir abandonné était fait pour lui et que l'aventure ne faisait que commencer. Après avoir parcouru des milliers de kilomètres à travers le monde entier pendant plus de trente ans, il était grand temps pour lui qu'il se pose enfin. Ce joli petit village vendéen, au cœur de ce si beau pays qui l'avait vu naître et grandir, était donc l'endroit idéal pour ça.

— Pourquoi aller chercher si loin parfois ce que l'on peut trouver tout près de chez soi finalement ? s'avouait-il.

La nature nous rappelle très souvent à elle...

Quand le passé nous rattrape

C'était la veille de mon mariage avec Andréa. J'étais tout excité mais aussi, très nerveux. Pour la première fois, je m'engageais dans une longue histoire aux lendemains plus que prometteurs. Je savais, sans aucun doute, que c'était bien elle, la femme de ma vie. J'en étais sûr et certain ! Rien, ni personne n'aurait pu m'en dissuader. Et pourtant...

J'avais donc décidé, en commun accord avec ma fiancée, de passer la nuit seul, à vingt kilomètres de chez ses parents. Tout comme l'imposait la tradition, ainsi que ma future belle-mère, les futurs époux ne devaient en aucun cas se revoir avant la cérémonie. Dernière nuit de célibat, nuit d'abstinence surtout ! En parfait gentleman et bon diplomate que j'étais, mais surtout pour faire plaisir à tout ce grand monde, je m'exilai donc sans tarder vers ce cinq étoiles, chic et austère, pour quelques vingt-quatre heures sans ma douce, en plein cœur de Reims.

Je savais que ma vie avec Andréa ne serait qu'une succession de petites flûtes et de grandes dégustations. Après tout, elle était la fille unique d'un grand producteur de champagne français au nom imprononçable. La seule et digne héritière d'une appellation d'origine contrôlée. Tout comme notre union d'ailleurs : tout y était inspecté, supervisé et maîtrisé à la perfection !

Il était presque vingt-deux heures à ma montre. La nuit était un peu fraîche pour un soir de juillet, le bar était presque vide. Seul, assis à une table dans le salon immense de cet hôtel, je sirotais lentement mon dernier cocktail de célibataire endurci, sans alcool. Ce n'était sûrement que le début de la fin...

Il se tenait là debout, accoudé au comptoir, un verre à la main et les pensées sûrement aussi lointaines que les miennes. Je me suis surpris à le fixer bêtement. Puis il m'a fait un signe de la main et m'a souri brièvement. J'en ai fait de même. Quelques secondes plus tard, il s'est approché de ma table avec un tel empressement et m'a tendu la main en se présentant à moi.

— Bonsoir. Richard Bontemps.

— Enchanté... Norman Soudan.

Il était grand et élancé. Je détestai soudain ma taille moyenne et mon début d'embonpoint. Il avait le sourire légèrement crispé et le regard si sombre. J'avais beaucoup de mal à garder cet air sérieux qu'ont souvent les représentants. Il me paraissait mi-ange, mi-démon. Je mentais si mal et aimais beaucoup trop, si souvent. Quelquefois si mâle et parfois trop doux comme peuvent l'être les femmes...

Il s'est assis face à moi, sans aucune hésitation, et nous nous sommes mis à discuter tous les deux, sans aucune pudeur. Telles deux petites vieilles ridées par le soleil et courbées par les années, se retrouvant comme chaque soir devant une bonne tisane brûlante pour se raconter leurs déboires de jeunesse.

Il n'était pas de la région, juste de passage. Tout comme moi, il devait se marier le lendemain avec sa promise. Tout comme moi, il semblait n'avoir aucun doute sur son engagement futur. Il paraissait si sûr de lui surtout. Peut-être trop d'ailleurs ? Sûrement l'étions-nous tous les deux beaucoup trop à ce moment-là...

Nous étions tous deux tellement persuadés d'avoir fait les bons choix dans nos petites vies de futurs mariés en âge un peu avancé. Nos futures épouses respectives ne s'en plaignaient guère. Pourtant, ce soir-là justement, une chose incroyable s'est passée entre lui et moi. Un courant alternatif voire continu. Un contact rapproché et tant espéré. Un corps à corps inattendu, pour ne pas dire, inégalé.

— Je n'ai jamais rien connu de meilleur auparavant. Ni de pire d'ailleurs ! lui avais-je dis.

Nous n'avions rien prémédité avant cet instant, ni encouragé non plus. Je n'ai rien vu venir, ni rien compris vraiment. Lui non plus ! Un simple geste a suffi. Une lueur dans les yeux, un frisson qui parcourt le dos, des poils qui s'hérissent sur les bras, les jambes et le torse. Une poussée de fièvre aigüe qui devient enivrante, étouffante... En quelques instants, j'étais dans sa chambre puis dans son lit. Durant plusieurs heures, il m'a serré dans ses bras d'athlète longuement entraîné. Je ne me sentais pas du tout prêt pour ça. Lui non plus !

— Je ne m'attendais pas du tout à cela. Ni à toi, ni à

nous ! avait dit Richard.
— Moi non plus... avais-je rétorqué.

Il ne s'est rien passé de plus entre Richard et moi mais je n'ai jamais pu oublier l'odeur apaisante de sa peau, ni le parfum envoûtant de son eau de toilette. J'étais si bien contre lui, contre ce corps à la fois tellement étranger et qui me correspondait si bien. Je ne voulais plus, soudain, m'en défaire, ni rentrer à la maison. Encore moins partir, m'engager pour ce long voyage qu'est le mariage avec une femme, sans lui.
— Je n'ai pas le choix et toi non plus, m'avait-il dit.

Je ne peux m'empêcher, aujourd'hui, de repenser à cet inconnu qui a croisé ma route il y a de cela plus de cinquante ans et que je n'ai jamais revu depuis. Je pense à lui en cet instant puisque je viens tout juste de comprendre la vraie raison de la visite surprise de mon petit-fils, Léonardo. Il tenait absolument à me présenter son colocataire, qui n'est autre que son petit ami en fait, avant d'en parler à ses parents. En effet, il craint leur réaction. Sans doute a-t-il senti chez moi une chose que moi-même, je n'ai jamais vraiment compris ?

Son compagnon est un jeune homme de bonne famille, élégant et fort séduisant. Il me rappelle vaguement quelqu'un... A l'annonce de son nom patronymique, j'ai compris aisément mes interrogations. Quelle ne fut pas ma grande surprise lorsque ce dernier m'a annoncé qu'il s'appelait Mathieu Bontemps et était le troisième petit-fils de Richard ! Il m'a aussi appris que son grand-père lui avait beaucoup parlé de moi avant son décès, il y a six mois de cela.

Tout ceci me rappela soudain ce péché de jeunesse dont je n'étais même pas honteux, cette aventure sans lendemain dont je n'avais jamais parlé à personne.

C'est ainsi que les vies se croisent et se décroisent tout au long de notre passage sur Terre. Tout comme moi, cet homme ne s'était pas défilé devant ses responsabilités. Il s'était donc marié, avait eu trois enfants avec la même femme et n'avait sûrement plus jamais dévié de son chemin tout tracé. Tout comme moi !

— Les bulles de champagne n'ont jamais altéré ce doux souvenir que j'ai gardé de toi, Richard au cœur de lion, au fin fond de ma mémoire. J'emporterai ce grand secret dans ma tombe, tout comme toi...

Même s'il me sembla un court instant que Léonardo et son ami savaient déjà tout de cette histoire.

La chose

Sept heures du matin venaient de sonner au clocher de l'église Saint-Sulpice lorsque cela arriva. *Dans Boé village, une onde de choc secoua brutalement le cours de la Garonne...* Pierrot le garagiste et Jacky le constructeur de piscines, ainsi que tous leurs amis du quartier Sud-Ouest, avaient ressenti la chose vibrer sous leurs pieds. Les effets de cette vibration s'étaient amplifiés en remontant dans tous leurs membres. Chacun d'entre eux s'interrogea dans son coin, l'air ébahi, sur ce qu'il commençait alors à qualifier de suspect, d'étrange... Pour le moins inattendu !

Le jour se levait à peine. Il faisait déjà si froid dehors que le petit vent glacial, soudain apparu dans les rues étroites du vieux village, fit chuter la température encore de quelques degrés. Moins six degrés pour un premier mars, c'est sûr, cette fois-ci, Boé allait se retrouver dans les annales météorologiques.

— Record battu ! comme dirait Evelyne, la présentatrice préférée des français.

Mais plus les minutes avançaient, plus l'inquiétude et l'angoisse grandissaient en eux, ces derniers habitants téméraires pourtant déjà bien occupés ce matin-là, affairés à leurs grandes habitudes quotidiennes. Surtout après la deuxième, puis la troisième onde de choc... Ce n'était pas Nadia qui allait dire le contraire avec ses longues aiguilles, cachée derrière sa machine à coudre au fond de l'impasse Lacassagne. Ni Joséphine, encore chez elle à cette heure-ci rue de l'Ecole, préparant son taxi avant de partir faire sa tournée. Et encore moins Maria, pensive à l'idée de retrouver tous ses documents officiels bien classés par ordre alphabétique sur les étagères de la mairie.

La *chose* avait ainsi résonné par trois fois dans tout le village, fait tressaillir toute la faune et la flore aux alentours. Le petit côté encore sauvage de la région n'avait pas résisté. La chose n'avait pas encore de nom puisque personne ne l'avait encore découverte. Personne ne pouvait donc la nommer.

D'ailleurs, comment cela était-il encore possible en 2021 ? L'ère de tous les possibles... Pourquoi n'avions-nous pas pu déterminer à l'avance, et avec une infime précision, l'arrivée de cette chose, ni même son départ ? Et encore moins la véritable cause, pourtant bien évidente, de cette fichue chose.

  Le monde ne tournait déjà pas bien rond à cette époque-là, cela va sans dire. Les problèmes environnementaux, la crise sanitaire suivie de près par la crise sociale et économique. Tout cela sur fond de conflits politico-financiers incessants... Bien évidemment, *« en ces temps de disette culturelle »* comme disaient certains, il fallait bien faire quelque chose, justement. Trouver une solution équitable pour que chacun y trouve son compte, sans forcément parler de résultat. Mais plutôt pour que chaque auteur puisse prendre un peu de hauteur, que chaque conteur ne se retrouve pas sans voix à cause de ce dur labeur, que chaque composition ne se décompose au coin d'une rue, abandonnée ou bien cachée dans le métro, si souverain de nos nuits.

  Mais bon sang, d'où pouvait-elle bien provenir cette onde de choc, réellement ? Du ciel ou de la terre ? De notre imagination si grandissante, de ces voies supérieures et aériennes, de ces chemins tortueux et souterrains... Des entrailles de notre mère nourricière : la Terre !
  Toutes ces choses indigestes justement, ces mauvaises nouvelles annoncées sur toutes les chaînes, les ondes ou tous les réseaux, nationaux ou internationaux, n'était-ce pas suffisant à présent ? Il y avait eu bien assez de dépressions et de tornades interplanétaires provoquant suffisamment d'ondes de choc sur notre belle planète bleue, devenue si grise à présent. Et ces ondes de choc, n'avaient-elles pas assez secoué brutalement le cours d'eau de notre douce Garonne endormie... ?

  Effectivement, cela avait assez duré maintenant. Le suspens devait prendre fin, désormais. C'est donc pour cette principale raison que Hugues, le nouveau maire des boétiens, décida de se rendre rapidement sur les berges de *Dame Garonne* pour tenter de comprendre ce qui avait bien pu la froisser ainsi, troubler sa quiétude, provoquer ce frisson matinal et se transformer, au final, en colère assourdissante et grandissante.

L'effroi de tous ces concitoyens avaient assez duré. Les coups de fil aussi... Il fallait donc qu'il aille se rendre compte en personne de l'étendue des dégâts. Ou du moins, il devait se confronter lui-même à ses propres peurs : celles de son enfance tout autant que celles d'aujourd'hui. Lui, le premier représentant de la commune ! Celui que les électeurs avaient élu depuis quelques mois, que les cinquante-deux pour cent avaient mis au-devant de la scène à tout juste vingt ans. Il leur devait bien cela à tous ses administrés.

Il décida alors de partir à pied au bord de l'eau. Les berges du fleuve étaient bien accessibles à cette période de l'année, encore si hivernale. Après quelques minutes de marche rapide comme pour se réchauffer, lui qui était originaire du nord de la France, il ralentit un peu. Du quai, il commençait à bien apercevoir le lit de la *demoiselle*. Ce dernier lui parut pourtant bien lisse et calme, sans aucune aspérité. Sans bruit, il emprunta un petit chemin de terre pour s'approcher au plus près du bord. Et sans bruit aussi, l'eau semblait s'écouler paisiblement. Mais soudain, il s'interrogea à haute voix :

— Tout à l'air pourtant si calme ici. Un peu trop à mon goût, d'ailleurs. Ce n'est pas normal !

A cet instant, une vague géante se forma et reprit de la puissance. Le calme disparut en un dixième de seconde comme englouti par le bruit de cette chose immense, pour le moins étrange. Cette bête effroyable sortie tout droit d'une autre dimension, de l'enfer... La chose hideuse se souleva de toutes ses forces, de toute cette puissance insubmersible, bondissant de quelques centimètres seulement au-dessus de la vague qu'elle venait de provoquer. Juste le temps de replonger dans le lit profond du fleuve, devenu si noir à présent, éclaboussant les berges de vase immonde et d'eau sale et poisseuse. Dans un vacarme étourdissant, la chose laissa derrière elle cette onde de choc s'écouler, se dissiper le long du fleuve pour disparaître à nouveau après quelques secondes. Sans doute les villageois avaient-ils à nouveau entendu un bruit sourd et lointain, ressenti encore une fois cette vibration sous leurs pieds, une quinzaine de minutes seulement après la dernière alerte.

Stupéfait, Hugues en tomba à la renverse, trempé, maculé de boue et de vase. Il faillit avoir un malaise mais c'était un dur ce jeune homme. Qui plus est, Maire à présent ! Avant de devenir père, peut-être un jour... Alors, il se devait d'être à la hauteur.

— Quelle horreur ! se surprit-il encore à dire à haute voix.

Il pensa tout à coup très fort à son meilleur ami, José, qui travaillait à Golfech. Il fallait absolument qu'il l'appelle pour lui raconter cette mésaventure, tout en repensant à leur dernière conversation.

— Allô, José, c'est Hugues. Tu vas bien ?

— Salut Hugues. Ça ne va pas du tout mais toi non plus, ça n'a pas l'air d'aller. A ta voix...

— José, je crois que nous avons un problème.

— Ne m'en parle pas Hugues, si tu savais ! Nous avons un énorme problème ici, à la centrale. Tu te souviens ce dont je t'avais parlé la dernière fois, eh bien...

— Nous aussi, on a un méga problème... il est déjà là... il vient de passer devant moi...

— Quoi ? Tu veux dire que la bête est déjà à... ?

— Oui José. Il faut que tu viennes tout de suite.

— Ok, d'accord, pas de panique ! Je préviens toute mon équipe et on te rejoint au plus vite. Reste bien à l'abri en attendant !

— Fais vite José... !

Puis il raccrocha et partit se cacher pour que la bête ne le voit pas.

Ce fut sûrement pour Hugues les dix minutes les plus longues de sa vie mais il n'avait pas bougé depuis son dernier appel à José, bien caché dans cette cabane improvisée, sous un énorme tas de ronces bien aiguisées. Son ami l'avait maintenant rejoint avec les autres membres. Tous ensemble, ils devaient mettre en place une stratégie pour attraper ce monstre qui faisait osciller le cours d'eau de la Garonne à peu près toutes les quinze minutes.

Mais comment réussir à détruire une créature aussi puissante avec du matériel aussi minuscule ? Tout cela, juste pour venir à bout d'un silure de plus de vingt mètres de longueur et pesant à peine quinze tonnes et demi... Qui plus est, véritable

création scientifique, organisme totalement modifié, génétiquement radioactif après les nombreuses radiations qu'il avait ingérées en quelques jours seulement en séjournant dans le fleuve à proximité des réacteurs de la centrale nucléaire la plus proche.
    Bien évidemment, l'affaire ne devrait surtout pas s'ébruiter...

    L'alarme stridente du téléphone portable retentit dans toute la pièce encore dans le noir. Hugues se réveilla alors en sursaut... Il avait énormément transpiré, son teint était plutôt pâle, lui pourtant si hâlé d'habitude. Semblant quelque peu apeuré, il lui fallut quelques minutes pour reprendre son souffle et émerger de cette nuit bien trop courte. Son réveil l'avait dérangé en plein cauchemar.

    Une cinquantaine de participants avaient décidé de se prêter au jeu cette année. Chaque membre du jury avait donc eu cinq nouvelles à lire et à noter en quelques jours. Hier soir, après une journée bien remplie, Hugues avait décidé de finir cette tâche. Il s'était donc couché très tard. Les délibérations devaient avoir lieu ce matin très tôt dans la salle du conseil afin de ne pas trop perturber son planning de jeune élu. Parmi les cinq histoires qu'il avait eu à juger, l'une d'entre elles l'avait particulièrement touché, pour ne pas dire, ébranlé. Il en avait même rêvé...
    — Ah, quelle imagination débordante, ces auteurs ! se dit-il.

    Choisir n'était pas chose aisée. Mais justement, parmi les cinq nouvelles en lice, sur laquelle avait-il arrêté son choix finalement pour faire partie des dix meilleurs textes qui allaient bénéficier d'une publication en recueil ? Réponse : le jour J.

L'Eau

Après avoir passé six mois au milieu du désert africain sans sa femme et ses enfants, Sylvain, l'ingénieur en hydrographie, ainsi que toute son équipe, rejoignent enfin le territoire français. Quelques heures de vol ont suffi pour les ramener chacun sur leur terre d'accueil : la France ! Tout d'abord, la région parisienne avec son aéroport Charles de Gaulle. Puis ensuite, direction Toulouse-Blagnac. Et pour finir, quelques kilomètres encore vers le bassin Adour-Garonne.

Après avoir passé ces quelques semaines à arpenter les nombreuses dunes du Sahara, des massifs mauritaniens aux plateaux d'Érythrée, en passant par les zones très arides du nord du Mali, du Niger et du Tchad, Sylvain peut s'estimer heureux de pouvoir revenir de si loin. En effet, il a vraiment l'impression étrange de revenir de très loin, cet ingénu aux idéologies parfois un peu loufoques.

Vingt heures. Enfin le voilà qui arrive devant la porte de cette maison gigantesque, dans ce quartier calme et pourtant si fréquenté à l'habituelle. Il s'apprête à entrer mais soudain, posant tous ses bagages au sol, il a un besoin irrépressible de respirer profondément un bon coup, de reprendre son souffle devenu si court tout à coup, avant d'affronter, de l'autre côté de cette énorme porte blindée, une nouvelle ruée, une masse bien vivante. Ses quadruplés ! Mais à la simple idée d'entendre leurs cris, leurs fous rires et leurs explosions de joie, il a comme un léger vent de panique qui l'envahit. Lui qui n'avait pu entendre que le bruit lointain du silence dans ces terres hostiles...

Il entre alors, et là, quel soulagement pour lui ! Ses enfants l'attendent tout gentiment sur le canapé. Bien propres, en pyjama et pas excités du tout. Pas comme à leur habitude !

A force de parcourir le monde à travers les endroits les plus beaux mais aussi les plus retirés de la Terre, loin d'eux. A force de chercher la moindre source d'eau là où il n'y en a peut-être jamais eu, d'espérer la plus infime trace d'un fleuve enseveli par tout ce sable. Ainsi que tout ce qui pourrait aider l'être humain à se ravitailler équitablement en eau potable pour pouvoir assouvir le moindre de ses besoins : se désaltérer durant les grandes journées de canicule, préparer dignement ses repas quotidiens, se laver tout simplement, nettoyer ses affaires... Sylvain finissait par en oublier le confort qui l'attendait chez lui à chacun de ses retours.

Le désert, où la plus petite goutte d'eau est un miracle. Le Sahara, le Sahel où la moindre petite averse devient une fête et où la sècheresse extrême empêche les Hommes de vivre normalement. Mais l'avenir de l'eau ne se trouve-t-il pas justement là sous son nez, sous son propre toit ? L'eau du futur n'est-elle pas tout simplement celle qui coule dans ses tuyaux, qui ressort par-delà ses robinets ?

A chacun de ses quatre enfants, il a appris la même chose au fil du temps : savoir préserver son patrimoine et ses ressources naturelles. A chacun de ses périples, il a comparé les habitudes des différents peuples qu'il croisait. Et à chaque fois, il en revient à la même conclusion : il faut absolument préserver ce bien si précieux, cette denrée si chère à nos yeux qu'est l'Eau, tout simplement !
Lui qui a dû attendre pendant des lustres que tombe la pluie dans ce désert si brûlant parfois...

Il a eu l'idée de lancer ce projet grandiose et innovant il y a de cela déjà six ans. Celui de réduire notre consommation quotidienne et annuelle d'eau potable, à l'échelle nationale tout comme à l'échelle mondiale. Car c'est ce qui importait le plus à présent : le Monde ! Le monde du futur. Le futur monde pour nos enfants. Celui que nous décidons aujourd'hui de leur laisser afin que cette ressource ne s'épuise pas totalement, que la véritable source de l'eau ne se tarisse jamais.
A petite échelle d'abord, il a souhaité mettre en place une éducation propre et soignée pour que ses enfants, et tous les autres aussi, puissent apprendre les bons gestes de tous les jours. Comme par exemple, se laver les mains régulièrement mais toujours avec un petit filet d'eau plutôt qu'avec un robinet grand ouvert qui coule à flot. Fermer complètement le robinet pendant

le brossage des dents pour ne pas laisser toute l'eau couler inutilement. Ou encore, prendre de petites douches tièdes plutôt que de grands bains brûlants...

Et à grande échelle, il a déposé une requête en urgence auprès de tous les chefs d'États, engagés ou pas pour l'environnement, afin d'interdire définitivement les immenses baignoires de luxe, les piscines privées hors normes, les spas, les jacuzzis et les piscines olympiques. Ainsi, des millions de mètres cubes d'eau pourront être économisés chaque jour et chaque année. Des milliers de personnes sur cette terre aride et ridée, aux quatre coins du globe, pourront peut-être prendre conscience du danger que l'on fait prendre à nos futures générations.

Comme Sylvain, faisons en sorte que l'eau ne devienne jamais un véritable produit de luxe hors de prix, ni un élément en voie de disparition. Protégeons cet élément vital, essentiel à notre vie et à notre survie, chacun à notre échelle. Sinon, sans eau, nous pourrions tous devenir déshydratés... et trépasser !

Beaucoup lui ont ri au nez, à vrai dire. Beaucoup ont trouvé ce projet un peu trop farfelu, irréalisable. Faire des sacrifices sur les plaisirs et les loisirs des grands de ce monde, c'est totalement inconcevable selon eux ! Mieux vaut les faire sur le dos des petits contribuables, au bas de l'échelle.
Les fourmis, les insectes microscopiques ont apparemment bien moins d'importance que tous ces *Crésus* au cœur de pierre.

Et pourtant, trente ans plus tard, c'est bien lui qui avait raison...

En rire

Elle n'est pas plus énorme qu'une baleine,
Légèrement plus lourde qu'un cachalot.
Elle engloutie tous ses repas sans peine,
Sans broncher, ni sourciller du dos.

Le poids du monde semble reposer sur ses épaules,
Au beau milieu de ses deux belles et grandes oreilles.
La masse de son petit dépasse quelque peu celle d'une abeille,
Mais cela ne la rend même pas folle !

Pourvu qu'ils ne l'oublient pas aujourd'hui,
Pourvu qu'ils pensent encore bien fort à elle.
Que sa gamelle ne soit pas remplie de souris,
Et que son festin soit bien plus consistant qu'une airelle.

Ce matin, elle dévorerait bien un mammouth,
Mais elle n'est pas une espèce de carnivore.
Elle avalerait bien tout un troupeau de gnous,
Oui, mais ce n'est qu'une simple herbivore !

Son ancien propriétaire, Monsieur Lorteil,
Terrible gardien du cirque du Soleil.
Il n'a plus voulu d'elle un jour, pauvre bête,
Et l'a abandonnée après une dernière prise de tête.

Ce dernier tête-à-tête justement, avec l'animal,
Lui aura coûtée son gros orteil.
Mais elle n'aura pas eu trop de mal
Puisqu'elle pouvait enfin quitter ce sacré chacal.

Alors, qui est-elle au juste... ?

Elle est cette belle éléphante d'Asie,
Que le zoo municipal de la ville a recueilli
Un matin d'avril, tapie au fond d'une cage,
Devenue bien trop étroite pour son vieil âge.

Le fantôme du parking

Pour la première fois depuis longtemps, Clémentine sortit de l'usine un peu plus tard. Il n'était plus là ! Pour la première fois, il n'était pas là planqué dans sa bagnole à l'épier, à attendre qu'elle franchisse la barrière comme tous les soirs après dix-huit heures. Elle se sentit soudain comme soulagée, un peu moins angoissée. Prête à passer une semaine de vacances tranquille.
— A-t-il finalement renoncé ? A-t-il enfin compris que je ne veux surtout pas d'une nouvelle histoire ? Pas avec lui du moins, se disait-elle.

Pendant des semaines, elle avait passé toutes ses soirées à ne penser qu'à cela, à ne penser qu'à lui. Pas une seule journée où elle ne s'était demandé ce qu'il pouvait bien lui vouloir celui-ci, ce qu'il pouvait bien attendre d'elle ce pauvre type. Pas un moment de débauche où elle ne l'avait aperçu, planqué dans sa vieille décapotable couleur café garée au fond du parking, à moitié caché derrière son journal et ses lunettes noires. Même les jours de pluie, il restait là, faisant semblant de lire et se protégeant du soleil pourtant absent.

Dès le départ, Clem n'y avait pas trop prêté attention. Elle l'apercevait là, tout le temps, mais faisait comme si de rien n'était. D'ailleurs, qu'aurait-elle bien pu y changer ? Elle semblait tellement la seule à le voir puisque jamais personne ne parlait de lui, ici. Cela voulait sûrement dire que les autres ne le voyaient pas. Même ses collègues les plus proches ne paraissaient pas se préoccuper de cet individu à l'allure plutôt louche, coincé entre deux bandes blanches de l'autre côté du grand terrain bitumé, se fondant dans le décor. Mais depuis quelques temps pourtant, elle commençait à trouver cela vraiment bizarre. Personne encore ne lui en avait touché de mot. Comme s'il n'existait pas finalement ! Personne à vrai dire, ne semblait voir ce qu'elle voyait là-bas, à quelques mètres.
— Que fait-il là tous les jours, tous les matins et tous les soirs ? Sa voiture est-elle devenue son abri, son domicile fixe ?

se demandait-elle.

Clémentine ne savait rien de ce type. Et d'ailleurs, cela lui était complètement égal au fond ! Elle n'avait pas vraiment une folle envie de le découvrir, bien au contraire, et aurait préféré que cette vision quotidienne la quitte pour un instant. Peut-être pour toujours... Elle, si inquiète à la simple vue de cette silhouette. Et tous les autres autour d'elle, riant comme à leur habitude devant la sortie, sans jamais l'apercevoir, ni même le deviner.

Comme un éclat de fève, elle débutait sa course en bout de ligne. Comme une brisure de chocolat, il arrivait en bout de chaîne. Torréfié, bien corsé, tout comme cette envie de tout foutre en l'air, de lever le camp pour fuir l'impensable ou l'irréparable peut-être. Fuir le diable, le néant, qui sait... ? Comme une envie irrésistible de ne pas sombrer dans l'absolu, le noir total.

A chaque fois qu'elle quittait son boulot depuis maintenant des années-lumière, Clem rentrait directement chez elle, sans détour aucun. Enfourchant sa petite citadine un peu cabossée, elle empruntait la N 134 pour rejoindre son petit deux pièces dans la banlieue de Pau, au cœur d'un quartier un peu chaud et si peu fréquentable pour une jeune femme comme elle. D'ailleurs, elle se demandait souvent comment elle avait pu en arriver là.

— Comment ai-je pu tomber aussi bas, moi, la fiancée du digne héritier de cette richissime famille notoire, bien connue dans le monde de la finance ?

Sûrement à cause de son départ précipité de Paris pour fuir un futur époux mal intentionné et surtout, très violent. Bien plus encore que le mistral… ! Celui-là même qui l'avait menacée à plusieurs reprises avec sa fichue collection de sabres japonais alors que Clémentine venait de découvrir qu'il entretenait plusieurs maîtresses avec l'argent de sa famille. Cela lui avait donc laissé un goût vraiment très amer au fond de la gorge. Bien plus encore que la poudre de cacao pur, sans ajout de rien, auquel un peu de sucre apporterait tout de même un peu de douceur.

Dès son retour de congés, Clémentine avait repris ses bonnes vieilles habitudes du matin et du soir. Quant à lui, il n'était toujours pas revenu... Il faisait déjà bien sombre en ce début novembre. Revenue chez elle après une longue journée de labeur, la jeune femme s'enferma vite à double tour dans son studio toujours aussi désert mais cette fois-ci, vérifia deux ou trois fois si elle avait bien tourné la clé dans le bon sens, au cas où. Au cas où le passé viendrait à ressurgir en pleine nuit, où cet imposteur aurait raison d'elle dans son sommeil.

Malgré tout, sa nuit fut aussi calme que les précédentes. Sûrement un peu grâce à cette pilule magique qu'elle avalait tous les soirs avant de s'endormir depuis des années.

Le réveil sonna comme tous les matins à 6h30. Elle se leva aussitôt, prit sa douche, s'habilla et avala son petit déjeuner dans le même silence pesant que tous ces derniers mois, sans traîner. Elle avait pratiquement une demi-heure de route pour rejoindre son travail et ne pouvait donc se permettre de perdre du temps en se préparant à partir pour pouvoir embaucher à l'heure. Ce matin-là, elle arriva encore quinze minutes en avance comme tous les autres jours, avec un étrange pressentiment au fond d'elle-même. Une sensation qu'elle ne pouvait d'ailleurs s'expliquer vraiment.

Plusieurs véhicules de gendarmerie se trouvaient là, devant la chocolaterie d'Oloron-Sainte-Marie. Se demandant ce qui pouvait bien se passer ici de si bonne heure, Clem se gara comme à son habitude à la même place, ferma sa voiture à clé et se dirigea vers l'entrée du personnel. Mais un homme en uniforme l'interpella. Elle dû alors lui montrer une pièce d'identité ainsi que son badge avant de pouvoir pénétrer sur le site de production. Il y avait des uniformes un peu partout à l'intérieur. Ses collègues semblaient toutes sous le choc. Certaines pleuraient même... L'une d'entre elles, un peu comme sa meilleure amie, vint à sa rencontre pour tout lui expliquer.

Une jeune employée, Lucia Fernandez, avait été retrouvée morte à son domicile il y a quelques jours, poignardée sauvagement de multiples coups de couteau. C'est donc pour cela que le peloton de gendarmerie avait débarqué ici, aujourd'hui, dans la Maison des Maîtres Chocolatiers.

La jeune femme ne connaissait pas vraiment cette Lucia, l'ayant peut-être juste aperçue une seule fois. Et encore, de très loin ! Cette dernière travaillait au magasin d'usine attenant. Alors que Clémentine, elle, était en poste à la fabrication des chocolats au sein même du laboratoire. Vu l'immensité du site, les deux employées ne s'étaient donc jamais parlé, ni croisé. L'une en début de chaîne et l'autre, en fin. Noir, au lait ou blanc : elles n'avaient que cela, finalement, en commun. Le chocolat !

Tout au long de la journée, les nombreux employés ont été auditionnés par le capitaine Lindor et l'adjudant Chofroid dans le bureau de la Responsable du Personnel, prêté pour l'occasion. Quand ce fut le tour de Clem, tout lui revint alors. Elle parla aux gendarmes de cet inconnu qui avait hanté ses jours et ses nuits pendant des semaines, garé à l'autre bout du parking. Celui-là même qui avait fini par l'intriguer au fil du temps et qu'elle avait eu si souvent peur de croiser sur la route la ramenant à Pau chaque soir dans cet immeuble sournois, loin de tout ça... Ce même individu qui avait soudainement disparu, comme volatilisé depuis quelques jours effectivement.
Elle les aida à dresser un portrait-robot de ce type, tant bien que mal et sans conviction aucune, en décrivant ainsi : un homme à priori grand, la peau plutôt mate, brun, toujours dissimulé derrière des lunettes de soleil, au volant d'une grosse voiture décapotable plutôt ancienne. Mais les deux enquêteurs savaient bien que d'aussi loin qu'elle avait pu le voir, Clémentine ne pourrait leur donner plus de détails : le modèle précis de son véhicule, sa plaque d'immatriculation, un signe particulier... Rien de plus !

Depuis cette fichue journée, Clem ne cesse de se répéter la même chose :
— Cet homme n'était donc pas là pour moi ! Si j'avais su, j'en aurais parlé plus tôt et peut-être que cette pauvre Lucia serait toujours en vie aujourd'hui.
— Serait-elle donc morte à cause de moi ? s'interroge alors la jeune femme.

A présent, elle dort mal toutes les nuits. Même ses somnifères n'arrivent à rien avec elle.

— Cette silhouette, ce fantôme est-il parti définitivement ou va-t-il revenir me poursuivre une nouvelle fois, dans le noir ? se demande-t-elle si souvent.

Elle ou une autre. A-t-elle vraiment envie de le savoir... ?

Un autre monde derrière l'écran

Cela fait des heures entières que je marche, à vive allure, mais j'ai plutôt l'impression de trépigner, de ne pas avancer. Tout comme dans un rêve ! Près du petit ruisseau, je m'asperge d'eau, me désaltère sans pour autant pouvoir étancher totalement ma soif. C'est un véritable cauchemar ! Quelque peu désabusée, je me pose là un instant, sur cette grosse pierre de granit, pour réfléchir un peu. Moi qui n'ai jamais vraiment eu beaucoup de jugeote...

Mais quelles sont donc toutes odeurs, ces senteurs, ces essences-mêmes que mon énorme nez ne reconnaît point ?

A quelques mètres seulement de mes deux grands pieds échauffés dans ces souliers pointus, j'aperçois un étrange petit animal sauvage qui ne me semble pas du tout familier. Son museau, ses pattes, ses oreilles et sa longue queue touffue en panache. Jamais je n'avais vu de si près une boule de poils aussi loufoque.

Mais où suis-je donc ? Quel est cet endroit si mystérieux que mes yeux globuleux ne semblent pas encore connaître ?

Très rapidement, je m'avance vers elle, cette drôle de bête craintive. Ou naïve peut-être ? Je la fixe du regard et tends ma main le plus loin possible pour la saisir sans ménagement. Elle ne réagit pas. Au contact de ma peau, elle ne bouge pas d'un millimètre. Bizarre... ! En fait, elle ne peut pas sentir ma présence puisque mes doigts passent et repassent à travers son tout petit corps. Quelle horreur ! Je m'efforce alors de l'attraper une nouvelle fois, puis une autre et encore une autre... Mais en vain, cela m'est incontestablement impossible ! C'est comme si j'étais devenue transparente, inexistante. Pourtant, moi, je me vois. Je peux même me toucher ou me pincer. Aïe... ! Ça fait un mal de chien.

Alors, pourquoi cette curieuse espèce animale ne me voit pas, ne me sent pas et ne m'entend pas non plus ?

Je décide donc de passer mon chemin puisqu'il n'y a visiblement rien d'autre que je puisse faire. Soulevant le bas de ma longue robe bouffante à grosses fleurs, je repars sans plus tarder. Non sans m'être demandé où avaient bien pu passer mon jean rose et mon pull jaune. Mais là aussi, pas de réponse... Je vais bien finir par croiser quelqu'un comme moi, ici ou ailleurs.

Pas un bruit, pas un cri dans ce petit bosquet, et à présent, d'autres créatures bizarroïdes se mettent à tournoyer au-dessus de ma tête, ne semblant pas m'apercevoir elles non plus.

Mais bon sang, où ai-je atterri ? Je n'y comprends absolument rien. Quelle est donc cette planète inconnue sur laquelle je semble avoir posé un pied ?

Je continue ma route sans bitume, sans voiture. Assez fatiguée mais tant pis. Je dois trouver un abri pour y passer la nuit, moi qui ai toujours eu horreur du camping. Quelle heure peut-il bien être ? Aucune idée... Je n'ai pas mangé depuis si longtemps et pourtant, mon ventre ne crie pas famine. Tiens, c'est plutôt bizarre d'ailleurs, moi qui ai toujours un appétit féroce d'habitude. Une véritable ogresse !

Maintenant, je marche beaucoup plus vite qu'avant, sur un petit chemin au milieu de tous ces arbres gigantesques. Ils semblent d'ailleurs tous se pencher au-dessus de moi dès que je m'avance. Mais c'est sûrement mon imagination, une fois de plus. Mon esprit fantaisiste doit commencer à me jouer des tours. C'est ça, oui ! Je dois être en train de rêvasser, de planer ou de délirer épouvantablement et je ne vais pas tarder à me réveiller. Il le faut !

J'aperçois au loin de la fumée blanche. Ou peut-être grise ? Elle semble provenir d'une minuscule chaumière perdue au fond des bois. Comme dans le Petit Chaperon Rouge. Vite, je presse le pas, accélère, me mets à courir... Et vlan ! Je tombe à terre puis me mets à rouler sur le côté, dévalant une pente et continuant à rouler encore et encore. Sans jamais pouvoir me relever, criant, hurlant.

Stop... ! Je veux que tout ça s'arrête. Je dois me réveiller. Maintenant ! Mais rien n'y fait... Je n'en finis pas de débouler à travers cette forêt devenue si dense et si abrupte tout à coup. J'ai mal partout et termine ma course au pied d'un très vieil escalier en pierres. Du moins, ce qu'il en reste ! Légèrement sonnée, j'essaie de me relever tant bien que mal mais le sol semble vouloir me retenir. Comme si de toutes petites mains, de longues lianes, de puissantes racines tentaient de m'enlacer, m'étouffer, m'exterminer... Après maintes reprises, j'y parviens enfin et me pose alors sur la première marche qui s'offre à moi. Assise là, sur mes deux fesses bien joufflues et endolories, je me frotte un peu partout pour voir si je n'ai rien de cassé, fracturé ou broyé. Aïe... ! Ça fait mal tout de même mais je vais bien. Et là, que vois-je devant moi ? Une nouvelle créature, à deux pattes celle-ci. Est-ce un homme ou plutôt une femme comme moi ? Je ne sais pas. Je ne sais plus !

Presque deux mètres de hauteur, visage masqué, de longs habits noirs, une voix venue de l'au-delà... Une apparence à faire frémir quiconque. Surtout moi, d'ailleurs !

Mais bon sang ça y est, j'y suis. Je dois être sur un tournage. Oui, c'est ça, je me souviens ! Hier soir, j'ai été au cinéma avec mes copines regarder le tout dernier film fantastique à la mode. C'était quoi le titre déjà... ? Mais par contre, j'ai complètement oublié ce que nous avons fait après.

Après la séance, Angelina la vilaine, n'avait rien trouvé de mieux que de faire un nouveau pari absolument stupide avec les autres adolescentes de son groupe. Celui de se retrouver pendant quarante-huit heures dans la peau du personnage principal du film. « L'étrange Miss Ghost » avait pour héroïne une femme délicieuse de la Renaissance mais parfaitement invisible.

Pauvre petite Angie, l'excentrique délurée du vingt-et-unième siècle qui a toujours adoré qu'on la remarque du matin au soir ! Que fera-t-elle réellement si la méchante Samantha, sa belle-mère qui la déteste tant et a exaucé son vœu en lui jetant un sort, décide de ne pas revenir en arrière dans deux jours ?

Bon courage à toi Angelina et surtout : bon film !